El mago de Oz

# L. Frank Baum

# El mago de Oz

Nueva traducción al español
traducido del inglés por Santiago M. Villafañe

ROSETTA EDU

Título original: *The Wonderful Wizard of Oz*

Primera publicación: 1900

Rosetta Edu Ltd.
© 2025 para la traducción al español: Santiago M. Villafañe



Primera edición: Septiembre 2025

Publicado por Rosetta Edu
Londres, septiembre 2025
www.rosettaedu.com

ISBN: 978-1-83647-133-2

CLÁSICOS EN ESPAÑOL

Rosetta Edu presenta en esta colección libros clásicos de la literatura universal en nuevas traducciones al español, con un lenguaje actual, comprensible y fiel al original.

Las ediciones consisten en textos íntegros y las traducciones prestan especial atención al vocabulario, dado que es el mismo contenido que ofrecemos en nuestras célebres ediciones bilingües utilizadas por estudiantes avanzados de lengua extranjera o de literatura moderna.

Acompañando la calidad del texto, los libros están impresos sobre papel de calidad, en formato de bolsillo o tapa dura, y con letra legible y de buen tamaño para dar un acceso más amplio a estas obras.

Rosetta Edu
Londres
www.rosettaedu.com

INDICE


INTRODUCCIÓN                                                    9

EL MARAVILLOSO MAGO DE OZ                                       11

CAPÍTULO I — EL HURACÁN                                         11

CAPÍTULO II — EL ENCUENTRO CON LOS MUNCHKINS                    14

CAPÍTULO III — CÓMO DOROTHY SALVÓ
AL ESPANTAPÁJAROS                                               19

CAPÍTULO IV — EL CAMINO POR EL BOSQUE                           24

CAPÍTULO V — AL RESCATE DEL LEÑADOR
DE HOJALATA                                                     28

CAPÍTULO VI — EL LEÓN COBARDE                                   33

CAPÍTULO VII — EL VIAJE HACIA OZ EL GRANDE                      37

CAPÍTULO VIII — EL CAMPO DE AMAPOLAS MORTALES                   42

CAPÍTULO IX — LA REINA RATONA                                   47

CAPÍTULO X — EL GUARDIÁN DE LA PUERTA                           51

CAPÍTULO XI — LA MARAVILLOSA CIUDAD DE OZ                       56

CAPÍTULO XII — EN BUSCA DE LA BRUJA MALVADA                     65

CAPÍTULO XIII — AL RESCATE                                      74

CAPÍTULO XIV — LOS MONOS ALADOS                                 77

CAPÍTULO XV — OZ EL TERRIBLE Y DESENMASCARADO                   82

CAPÍTULO XVI — LAS ARTIMAGIAS DEL GRAN EMBUSTERO                89

CAPÍTULO XVII — CÓMO DESPEGÓ EL GLOBO                           92

CAPÍTULO XVIII — LEJOS HACIA EL SUR                             95

CAPÍTULO XIX — EL ATAQUE DE LOS ÁRBOLES PÚGILES                 99

CAPÍTULO XX — EL PUEBLO DE PORCELANA DELICADA                   102

CAPÍTULO XXI — PROCLAMAN AL LEÓN
EL REY DE LAS FIERAS                                            107

CAPÍTULO XXII — EL PAÍS DE LOS QUADLINGS     110

CAPÍTULO XXIII — GLINDA, LA BRUJA BUENA,
LE CONCEDE A DOROTHY EL DESEO     113

CAPÍTULO XXIV — HOGAR OTRA VEZ     117

# INTRODUCCIÓN

Tanto el folclore, como las leyendas, los mitos y los cuentos de hadas fueron compañía para los niños a través de los años, pues todos los jóvenes sanos tienen un amor beneficioso e instintivo por las historias fantasiosas, maravillosas y explícitamente irreales. Las hadas aladas de los hermanos Grimm y de Andersen alegraron más corazones infantiles que cualquier otra creación humana.

Aun así, el antiguo cuento de hadas, habiendo servido por generaciones, puede ahora clasificarse como «anticuado» en la literatura infantil; porque llegó el momento de que una nueva serie de «cuentos maravillosos» en la que se eliminen los genios, los enanos y las hadas estereotipados, junto con todos los horribles incidentes que hielan la sangre y que los autores diseñaron para agregarle una moraleja temible a cada cuento. La educación moderna incluye la moral; por lo tanto, los jóvenes modernos solo buscan entretenimiento en sus cuentos maravillosos y con gusto se deshacen de todos los incidentes desagradables.

Teniendo esta reflexión en mente, el cuento de *El maravilloso mago de Oz* se escribió con el único propósito de complacer a los niños del presente. Intenta ser un cuento de hadas moderno, en el que la maravilla y la alegría se conservan y las penurias y pesadillas se desechan.

L. Frank Baum
Chicago, abril de 1900.

## CAPÍTULO I — EL HURACÁN

Dorothy vivía en medio de las grandes llanuras de Kansas, con el tío Henry, un granjero, y con la tía Em, la esposa del granjero. Su casa era pequeña porque a la madera necesaria para construirla había que traerla en carro por varios kilómetros. Era de cuatro paredes, con un piso y con un techo, todo lo cual constituía una sola habitación, y en esta habitación había una cocina de apariencia herrumbrosa, una alacena para los platos, una mesa, tres o cuatro sillas y las camas. El tío Henry y la tía Em tenían una cama grande en una esquina y, Dorothy, una pequeña en otra esquina. No había ningún ático ni ningún sótano, a excepción de un pequeño pozo cavado en el suelo, llamado el «sótano para huracanes», a donde la familia podía ir para refugiarse en caso de que se desatara alguno de esos grandes torbellinos con el poder suficiente para aplastar cualquier edificio que se le interpusiera en el camino. Para entrar en él, se bajaba a través de una trampilla en el medio del suelo, por una escalera que conducía al pequeño pozo negro.

Cuando Dorothy se paró en la puerta y miró en rededor, no pudo ver nada salvo la gran llanura gris por todos lados. Ningún árbol ni ninguna casa rompían la vasta planicie de campo que se extendía en todas las direcciones hasta tocar el cielo. La luz del sol había quemado la tierra arada y la había transformado en una masa gris atravesada por pequeños surcos. Ni siquiera el césped era verde, pues el sol había quemado las puntas de las largas hojas hasta que se volvieron del mismo gris que se extendía por todas partes. La casa supo estar pintada alguna vez, pero el sol había resecado la pintura y las lluvias se la llevaron; ahora la casa era tan gris y deslucida como todo lo demás.

Cuando la tía Em se había ido a vivir ahí, era una esposa linda y joven. El sol y el viento también la cambiaron. Le quitaron el brillo de los ojos y se lo reemplazaron por un gris sobrio; le quitaron el rubor de los labios y de los cachetes y también los dejaron grises. Era pálida y demacrada y ya no sonreía nunca. Cuando Dorothy, quien quedó huérfana, se había ido a vivir con ella, la tía Em se sorprendía tanto por la risa de la niña que soltaba un grito y se llevaba las manos al corazón cada vez que la alegre voz de Dorothy le entraba por los oídos, y todavía la miraba con extrañamiento cada vez que la niña encontraba algo de qué reírse.

El tío Henry nunca se reía. Trabajaba duro de amanecer a anochecer y desconocía qué era la alegría. También era grisáceo, desde la barba larga hasta las botas desgastadas; su apariencia era severa y solemne y siquiera apenas hablaba.

Era Toto quien causaba las risas de Dorothy y quien evitaba que Dorothy se contagiara con el gris del entorno. Toto no era gris, sino un perrito negro con cabello largo y sedoso y con ojitos negros que brillaban llenos de alegría a cada lado del hociquito gracioso. Toto jugaba todo el día, Dorothy jugaba con él y lo quería con toda su alma.

Sin embargo, hoy no jugaban. El tío Henry se sentó en el umbral de la puerta y miró inquieto el cielo, que estaba más gris de lo que solía estar. Dorothy estaba parada en la puerta con Toto en los brazos y también miraba el cielo. La tía Em lavaba los platos.

Desde el norte lejano escucharon al viento rugir gravemente y el tío Henry y Dorothy podían ver cómo los pastos se inclinaban ante la llegada de la tormenta. Luego llegó desde el sur un silbido agudo del viento y, mientras giraban las cabezas, vieron que los pastos también ondeaban desde esa dirección.

El tío Henry se levantó de golpe.

—Se aproxima un huracán, Em —le avisó a la esposa—. Voy a revisar el ganado. —Entonces se fue corriendo hacia los establos donde guardaban las vacas y los caballos.

La tía Em dejó de lavar los platos y se asomó por la puerta. Con una sola mirada comprendió el peligro que se les cernía.

—¡Rápido, Dorothy! —gritó—. ¡Corre al sótano!

Toto saltó de los brazos de Dorothy y se escondió bajo la cama, y la niña fue tras él. La tía Em, llena de temor, abrió de un portazo la trampilla en el piso y bajó por la escalera hasta el pequeño pozo negro. Dorothy atrapó por fin a Toto y empezó a seguir a su tía. Cuando hubo atravesado la mitad de la habitación, el viento pegó un bramido y la casa se sacudió con tanta fuerza que Dorothy perdió el equilibrio y se tuvo que sentar en el suelo.

Luego sucedió algo extraño.

La casa rotó dos o tres veces y se elevó despacio por los aires. Dorothy sintió como si se estuviera elevando en un globo aerostático.

Los vientos del norte y del sur se encontraron donde la casa se asentaba e hicieron de ese sitio el centro exacto del huracán. En el ojo de los huracanes, el aire suele ser tranquilo, pero la intensa presión que el viento ejercía sobre cada lado de la casa la hizo subir más y más hasta llegar a la cima del huracán, y allí permaneció y viajó por varios kilómetros, como una pluma arrastrada por el viento.

Estaba muy oscuro y el viento rugía con fiereza alrededor de ella, pero Dorothy se dio cuenta de que se desplazaba sin problemas. Después de los primeros giros y una vez más en la que la casa se sacudió con fuerza, sintió como si la estuvieran meciendo con suavidad, como a un bebé en la cuna.

A Toto no le gustaba. Corría por la habitación, por aquí y por allá, ladrando fuerte, pero Dorothy se sentó muy quieta en el suelo y esperó a ver qué sucedería.

En un momento Toto se acercó mucho a la trampilla abierta y se cayó; y lo primero que pensó la niña fue que lo había perdido. No obstante, pronto vio una de las orejitas asomándose por el vano de la puerta porque la presión intensa del aire lo mantenía a flote y no podía caerse. Se arrastró al agujero, agarró a Toto de la oreja y lo metió a rastras en la habitación de vuelta, y por último cerró la trampilla para que no pudieran suceder nuevos incidentes.

Pasaban las horas y poco a poco Dorothy superó el pánico, pero se sintió muy sola y el viento aullaba con tanta fuerza alrededor de ella que casi se queda sorda. Primero se preguntó si se haría trizas cuando la casa cayera de nuevo, pero a medida que transcurrían las horas y no sucedía nada terrible, dejó de preocuparse y decidió esperar con calma a ver qué le depararía el futuro. Por último, se arrastró por el piso tambaleante hasta su cama y se recostó; Toto la siguió y se recostó con ella.

A pesar de las sacudidas de la casa y de los rugidos del viento, Dorothy pronto cerró los ojos y se durmió como una marmota.

## CAPÍTULO II — EL ENCUENTRO CON LOS MUNCHKINS

Dorothy se despertó con una sacudida tan fuerte y repentina que, si no hubiese estado recostada en la suavidad de su cama, podría haberse herido. Así y todo, el choque le hizo dar un respingo y preguntarse qué había sucedido y Toto le puso el hocico frío en la cara y se quejó asustado. Dorothy se sentó y se dio cuenta de que la casa no se movía y de que tampoco estaba oscuro porque el sol entraba por la ventana e inundaba la habitación. Bajó de la cama dando un salto y, con Toto siguiéndola a los tobillos, corrió a abrir la puerta.

Soltó un grito de sorpresa y miró alrededor con los ojos cada vez más abiertos por las maravillas que contemplaba.

El huracán había dejado la casa muy suavemente (para ser un huracán) en el medio de una tierra de espectaculares bellezas. El verde brotaba de pastos tiernos por todas partes, con impresionantes árboles cargados de frutas tentadoras y deliciosas. En ambos lados, crecían montones de flores magníficas y unas aves de plumajes raros y brillantes cantaban y revoloteaban entre los árboles y arbustos. Un poco más allá, corría un arroyito brillante que atravesaba las orillas verdes y que con un murmullo gentil le cantaba a una niña agradecida que por tanto tiempo vivió en las áridas llanuras grises.

Mientras ella estaba parada, viendo emocionada el hermoso paisaje desconocido, notó que se le acercaba un grupo con las personas más extrañas que nunca antes había visto. No eran tan grandes como las personas típicas a las que estaba acostumbrada a ver, pero tampoco eran muy pequeñas. De hecho, parecían ser igual de altas que Dorothy, quien era bastante grande para su edad, aunque, por lo que se podía ver, eran mayores que ella.

Eran tres hombres y una mujer y todos vestían atuendos muy particulares. Usaban sombreros redondos de treinta centímetros de alto, con una bolita en la punta y cintas de pequeños cascabeles que sonaban con suavidad cuando se movían. Los sombreros de los hombres eran azules; el de la mujercita, blanco; ella además usaba un vestido blanco que caía en pliegues desde los hombros. Lo decoraban estrellitas que brillaban bajo el sol como diamantes. Los hombres vestían un azul del mismo tono que los sombreros y calzaban botas bien lustrosas y con pliegues azules al final de las cañas. Dorothy pensó que los hombres eran igual de ancianos que el tío Henry porque tenían barbas. No obstante, la mujercita era sin lugar a dudas mucho mayor. Las arrugas le cubrían el rostro, el cabello era casi blanco y caminaba con dificultad.

Cuando se acercaron a la casa en cuya puerta Dorothy estaba parada, se detuvieron y susurraron entre ellos, como si temieran acercarse más. Pero la viejita se adelantó hacia Dorothy, hizo una reverencia y dijo con voz suave:

—Bienvenida seas, nobilísima hechicera, al país de los munchkins. Te estamos muy agradecidos por acabar con la Bruja Malvada del Este y por librar nuestro pueblo de sus cadenas.

Dorothy la escuchó con extrañeza. «¿A qué se podría estar refiriendo esta mujercita llamándola hechicera y afirmando que mató a la Bruja Malvada del Este?». Dorothy era una niñita inocente e inofensiva a quien el huracán había alejado de su hogar por varios kilómetros y nunca había matado a nadie en su vida.

No obstante, estaba claro que esperaba una respuesta, así que Dorothy respondió llena de dudas: «Es muy amable, pero debe de haber algún error. Yo no maté a nadie».

—De todos modos; tu casa, sí —contestó la mujercita con una risa—, y es lo mismo. ¡Mira! —añadió, mientras señalaba la esquina de la casa—. Ahí están las dos piernas asomándose por debajo de un bloque de madera.

Dorothy miró y pegó un grito del susto. Era cierto, justo debajo de la esquina del gran tronco sobre el que reposaba la casa, se asomaban dos piernas con unos puntiagudos zapatos plateados.

—¡Ay, no!, ¡ay, no! —exclamó Dorothy desesperada y juntando las manos—. De seguro la casa aterrizó sobre ella. ¿Qué iremos a hacer?

—No hay nada que se pueda hacer —dijo tranquila la mujercita.

—Pero ¿quién era? —preguntó Dorothy.

—Como dije, era la Bruja Malvada del Este —respondió la mujercita—. Oprimió a los munchkins por muchos años y los hizo sus esclavos de por vida. Ahora son libres y te agradecen el favor.

—¿Quiénes son los munchkins? —preguntó Dorothy.

—Son las personas que viven en el País del Este, en donde la Bruja Malvada del Este gobernaba.

—¿Es usted una de los munchkins? —preguntó Dorothy.

—No, pero soy su amiga, a pesar de que vivo en el País del Norte. Al ver que la Bruja Malvada había muerto, me mandaron un mensajero veloz y vine de inmediato. Soy la Bruja del Norte.

—¡Por todos los cielos! —exclamó Dorothy—. ¿Es una bruja de verdad?

—Así es —respondió la Bruja—. Pero soy una bruja buena y la gente me quiere. No soy tan poderosa como lo era la Bruja Malvada que gobernaba aquí, sino hubiera sido yo quien librara a las personas.

—Pero yo creía que todas las brujas eran malvadas —dijo Dorothy un poco asustada por estar ante una bruja verdadera.

—Ay, no. Es un error muy grande. En todo el Reino de Oz solo había cuatro brujas; dos de ellas, la del norte y la del sur, somos brujas buenas. Lo sé porque soy una de ellas y no puedo equivocarme. Las que habitan el este y el oeste son brujas malvadas, pero ahora que acabaste con una de ellas, solo queda una de las brujas malvadas en todo el Reino de Oz: la que mora en el oeste.

—Pero —añadió Dorothy habiendo pensado por un momento— la tía Em me dijo que todas las brujas habían muerto hacía ya muchos años.

—¿Quién es la tía Em? —preguntó la viejita.

—Mi tía que vive en Kansas, de donde vengo.

La Bruja del Norte pareció pensar por un momento con la cabeza inclinada y con los ojos posados sobre el suelo. Levantó la mirada y dijo: «No sé dónde queda Kansas, pues nunca lo escuché mencionar. Pero dime, ¿es una tierra civilizada?».

—Oh, sí —contestó Dorothy.

—Eso explica todo. Creo que en las tierras civilizadas no quedan brujas, ni magos, ni hechiceras, ni brujos. Pero verás, el Reino de Oz nunca fue civilizado porque estamos aislados del resto del mundo. Por eso todavía existen brujas y magos entre nosotros.

—¿Quiénes son los magos? —inquirió Dorothy.

—Oz es el Gran Mago —respondió la Bruja bajando la voz hasta que fue solo un murmullo—. Es más poderoso que todas nosotras juntas. Vive en la Ciudad Esmeralda.

Dorothy iba a preguntarle algo más, pero entonces los munchkins, quienes habían estado parados en silencio, lanzaron un grito estridente y señalaron la esquina de la casa donde yacía la Bruja Malvada.

——¿Qué pasa? —preguntó la viejita, que miró y se echó a reír. Los pies de la Bruja muerta habían desaparecido por completo y no quedaron rastros salvo sus zapatos plateados.

»Era tan vieja —explicó la Bruja del Norte— que el sol la hizo polvo en un santiamén. Así acaba. Pero los zapatos son tuyos y los puedes usar. —Se agachó y levantó los zapatos y, habiéndolos desempolvado de un sacudón, se los entregó a Dorothy.

—La Bruja del Este estaba orgullosa de esos zapatos plateados —dijo uno de los munchkins— y portan algún encantamiento, pero ¿cuál era? Nunca lo supimos.

Dorothy metió los zapatos en la casa y los dejó sobre la mesa. Salió de nuevo y les dijo a los munchkins:

—Quiero volver con mi tía y mi tío porque estoy segura de que estarán preocupados por mí. ¿Me pueden ayudar a encontrar el camino de vuelta?

Los munchkins y la Bruja primero se miraron los unos a los otros, luego a Dorothy y negaron con la cabeza.

—Al este, no lejos de aquí —explicó uno—, hay un gran desierto y nadie vivió para cruzarlo.

—Igual que al sur —agregó otro—, pues estuve ahí y lo vi. El sur es el país de los quadlings.

—Según escuché —añadió el tercer hombre—, en el oeste pasa lo mismo. Y en esa tierra, donde viven los winkies, gobierna la Bruja Malvada del Oeste, quien te esclavizaría si te cruzaras por su camino.

—En el norte es donde vivo yo —dijo la viejita— y al borde está el mismo gran desierto que rodea al Reino de Oz. Temo decirte, mi niña, que tendrás que vivir con nosotros.

Al oír esto, Dorothy se largó a llorar porque se sentía sola entre todas estas personas extrañas. Sus lágrimas parecieron conmover a los bondadosos munchkins, quienes sacaron de inmediato sus pañuelos y también empezaron a lagrimear. Por su parte, la viejita se sacó el sombrero y lo balanceó sobre la nariz, mientras contaba con una voz seria: «Uno, dos, tres». De repente, el sombrero se transformó en una tabla en donde decía con letras grandes de tiza blanca:

QUE DOROTHY VAYA A LA CIUDAD ESMERALDA.

La viejita se sacó la tabla de la nariz y, habiendo leído las palabras, le preguntó: «¿Te llamas Dorothy, querida?».

—Sí —contestó la niña levantando la mirada y secándose las lágrimas.

—Entonces debes ir a la Ciudad Esmeralda. Quizás Oz te ayude.

—¿En dónde queda la ciudad? —preguntó Dorothy.

—En el centro exacto del Reino de Oz y la gobierna Oz, el Gran Mago del que te conté.

—¿Es un hombre bueno? —preguntó la niña con ansias.

—Es un mago bueno. Si es un hombre o no, no puedo decirlo porque nunca lo vi.

—¿Cómo puedo llegar hasta allí? —preguntó Dorothy.

—Debes caminar. Es un viaje largo a través de una tierra que a veces es apacible y a veces oscura y terrible. No obstante, usaré todos los encantamientos mágicos que conozco para protegerte de los peligros.

—¿No me acompañará? —suplicó la niña, que había empezado a considerar a la viejita como su única amiga.

—No, no puedo hacerlo —replicó ella—, pero voy a concederte mi beso y nadie se atrevería a lastimar a alguien a quien la Bruja del Norte haya besado.

Se acercó a Dorothy y la besó con gentileza en la frente. Pronto, Dorothy descubriría que los labios dejaron una marca redonda y brillante en donde la besaron.

—El camino a la Ciudad Esmeralda está empedrado con adoquines amarillos —explicó la Bruja—, así que no podrás perderte. Cuando veas a Oz, no te acobardes, sino cuéntale tu historia y pídele su ayuda. Adiós, querida.

Los tres munchkins hicieron una reverencia con la cabeza y le desearon un viaje agradable, para luego perderse entre los árboles. La Bruja le hizo un pequeño gesto amistoso con la cabeza a Dorothy, giró tres veces sobre el talón izquierdo y en un instante desapareció, lo que sorprendió a Toto, que empezó a ladrar con fuerza al sitio en donde estaba, porque estaba asustado de siquiera gruñir cuando ella estaba presente.

Sin embargo, Dorothy, sabiendo que era una bruja, esperaba que desapareciera de esa manera y no se sorprendió en lo más mínimo.

# CAPÍTULO III – CÓMO DOROTHY SALVÓ AL ESPANTAPÁJAROS

En cuanto Dorothy se hubo quedado sola, se le despertó el hambre. Así que fue al aparador y rebanó un pedazo de pan, que untó con manteca. Le dio un poco a Toto, tomó un balde del estante, lo llevó al arroyito y lo llenó de brillante agua limpia. Toto corrió hacia los árboles y le empezó a ladrar a los pájaros allí reposados. Dorothy fue a buscarlo, vio colgando de las ramas unas frutas tan deliciosas que recogió algunas y descubrió que eran justamente lo que quería para completar el desayuno.

Volvió a la casa y, habiéndose servido una buena cantidad de la fresca agua limpia para ella y para Toto, inició los preparativos para emprender el viaje a la Ciudad Esmeralda.

Solo tenía un vestido más, pero justo ese estaba limpio y colgaba de un gancho junto a la cama. Era de cuadrillé azul y blanco y, aunque el azul se había desgastado un poco tras varios lavados, seguía siendo un vestido lindo. Se limpió con cuidado, se vistió con el cuadrillé limpio y se ató su moño rosa en la cabeza. Tomó una canasta, la llenó con pan del aparador y lo tapó con un paño blanco. Luego se miró los pies y vio cuán desgastados estaban sus zapatos.

—Sin lugar a dudas no aguantarán un viaje largo, Toto —dijo ella. Con los ojitos negros, Toto la miró a la cara y movió la cola para hacerle entender que sabía a qué se refería.

En ese momento Dorothy vio sobre la mesa los zapatos plateados que habían pertenecido a la Bruja del Este.

—¿Me quedarán? —le preguntó a Toto—. Serían lo ideal para llevar en un viaje largo, ya que no se pueden desgastar.

Se sacó los viejos zapatos de cuero y se probó los plateados, que le quedaron como si los hubieran hecho para ella.

Por último, tomó la canasta.

—Vamos, Toto —lo llamó—. Iremos a la Ciudad Esmeralda y le preguntaremos a Oz el Grande cómo volver a Kansas de nuevo.

Cerró la puerta con cerrojo y guardó la llave con cuidado en el bolsillo del vestido. De esa manera, junto a Toto que serio la seguía, emprendió su viaje.

Había muchos caminos cerca, pero no tardó en encontrar el camino de adoquines amarillos. En poco tiempo, iba llena de energía hacia la Ciudad Esmeralda y con sus zapatos plateados brillando sobre el duro suelo amarillo del camino. El sol brillaba con fuerza y los pájaros cantaban alegres, y Dorothy no sintió ni un atisbo del malestar que se esperaría que una niña sintiera al ser desarraigada de su hogar por un huracán repentino y abandonada en medio de una tierra desconocida.

Durante la caminata, se sorprendió al ver cuán hermosos eran los paisajes que la rodeaban. A ambos lados del camino, había vallas prolijas y pintadas de un azul claro y, más allá, abundaban los campos de granos y verduras. Estaba claro que los munchkins eran buenos granjeros y eran capaces de cultivar campos grandes. De vez en cuando, ella pasaba por una casa y la gente salía a verla y a hacerle reverencias mientras pasaba, porque todos sabían que había sido ella quien acabó con la Bruja Malvada y quien los liberó. Las casas de los munchkins eran edificios extraños, pues todas eran redondas y con una cúpula en el techo. Estaban todas pintadas de azul porque, en el País del Este, el azul era el color predilecto.

El atardecer estaba cada vez más cerca; Dorothy estaba cansada por la larga caminata y empezaba a preguntarse dónde podría pasar la noche cuando llegó a una casa algo más grande que las demás. En el verde jardín delantero, muchos hombres y mujeres bailaban. Cinco violinistas tocaban tan fuerte como podían y la gente cantaba y se reía, mientras que a una mesa cercana la cargaban de frutas y nueces deliciosas, tartas y tortas y muchas otras delicias para comer.

Saludaron a Dorothy con amabilidad y la invitaron a cenar y a pasar la noche con ellos, pues era el hogar de unos de los munchkins más ricos del país que se había reunido con sus amigos para celebrar que se habían librado del yugo de la Bruja Malvada.

Dorothy cenó en abundancia y Boq en persona, el munchkin rico, la atendió. Más tarde ella se sentó en un sillón y observó a las personas bailar.

Al ver los zapatos plateados, Boq supuso: «Debes ser una hechicera poderosa».

—¿Por qué? —preguntó la niña.

—Porque tienes zapatos plateados y mataste a la Bruja Malvada. Además, tu vestido lleva blanco y solo las brujas y hechiceras visten de blanco.

—Mi vestido es de cuadrillé azul y blanco —respondió Dorothy mientras le quitaba las arrugas.

—Es amable de tu parte que lo uses —agregó Boq—. El azul es el color de los munchkins y, el blanco, el de las brujas. Así sabemos que eres una bruja amigable.

Dorothy no supo qué contestar, pues todos parecían considerarla bruja y ella sabía muy bien que solo era una niña común que había llegado a esta tierra extraña por casualidad y de la mano de un huracán.

Cuando se hubo cansado de ver el baile, Boq la guio a la casa donde le dio una habitación y una cama preciosa para dormir. Las sábanas eran de una tela azul y Dorothy durmió profundamente hasta la mañana, con Toto acurrucado en la alfombra azul junto a ella.

Desayunó mucho y vio a un munchkin bebé muy pequeño jugar con Toto, tirarle de la cola, balbucear y reírse tanto que Dorothy se divirtió en gran manera. Toto era un objeto de curiosidad para todos porque nunca antes habían visto un perro.

—¿Qué tan lejos está la Ciudad Esmeralda? —preguntó la niña.

—No lo sé —respondió Boq con gravedad—, pues nunca estuve ahí. Es mejor para las personas mantenerse alejadas de Oz, a menos que tengan asuntos con él. Pero el camino hasta la Ciudad Esmeralda es largo y te tomará varios días. El campo aquí es abundante y placentero, pero debes atravesar lugares desolados y peligrosos antes de llegar al final de tu viaje.

Dorothy se preocupó un poco, pero sabía que Oz el Grande era el único capaz de ayudarla a regresar a Kansas, así que inflada de valentía se decidió a no dar marcha atrás.

Se despidió de sus amigos y retomó el camino de adoquines amarillos. Cuando hubo andado varios kilómetros, pensó en parar y descansar, así que se subió a una de las vallas junto al camino y se sentó. Detrás había un gran campo de maíz y no lejos vio un espantapájaros clavado en un poste para alejar a los pájaros del maíz maduro.

Dorothy descansó la cabeza sobre la mano y miró pensativa al espantapájaros. La cabeza era un pequeño saco relleno de paja, con los ojos, nariz y boca pintados para representar la cara. Un viejo sombrero puntiagudo, que habría pertenecido a algún munchkin, descansaba sobre la coronilla y el resto del muñeco era un traje azul de telas usadas y desgastadas que también había sido rellenado con paja. En los pies había unas botas viejas decoradas con pliegues azules, al igual que las botas de todas las personas de este país, y el muñeco se erguía por sobre las plantas de maíz gracias a un poste atado por la espalda.

Mientras Dorothy se concentraba en el extraño rostro pintado del Espantapájaros, se sorprendió al ver que uno de los ojos le guiñaba lentamente. Primero pensó que debía de estar confundida, porque ninguno de los espantapájaros en Kansas guiñaba el ojo, pero pronto el muñeco inclinó amistoso la cabeza hacia ella. Ella se bajó de la valla y se acercó al Espantapájaros con Toto corriendo y ladrando alrededor del poste.

—Buenos días —saludó el Espantapájaros con una voz profunda.

—¿Hablaste? —preguntó la niña sorprendida.

—Así es —contestó el Espantapájaros—. ¿Cómo está usted?

—Muy bien, muchas gracias —respondió Dorothy con educación—. ¿Y usted?

—No me siento muy bien —contestó con una sonrisa—, pues es muy engorroso estar todo el día aquí arriba atado espantando a los cuervos.

—¿No puede bajar? —preguntó Dorothy.

—No, porque estoy atado por la espalda al poste. Si, por favor, me bajara del poste, le estaría en deuda.

Dorothy estiró los brazos y bajó al muñeco del poste que, por estar relleno de paja, era bastante liviano.

—Muchísimas gracias —agradeció el Espantapájaros cuando ella lo dejó en el suelo—. Me siento renovado.

Dorothy estaba confundida porque le parecía extraño escuchar a un hombre de paja hablar, verlo hacer una reverencia y caminar con ella.

—¿Quién eres? —preguntó el Espantapájaros después de estirarse y bostezar—. ¿Y a dónde vas?

—Me llamo Dorothy —respondió—, y voy a la Ciudad Esmeralda para pedirle a Oz el Grande que me lleve de vuelta a Kansas.

—¿Dónde queda la Ciudad Esmeralda? —preguntó—. ¿Y quién es Oz?

—¿Cómo?, ¿no lo sabes? —se sorprendió ella.

—Pues no. No sé nada. Verás, estoy relleno de paja, así que no tengo ni un poquito de sesos —respondió él triste.

—Ay —se lamentó Dorothy—, lo siento mucho.

—¿Crees —preguntó él— que, si te acompañara a la Ciudad Esmeralda, ese tal Oz podría darme algún seso?

—No sabría decirte —respondió ella—, pero puedes venir conmigo si quieres. Si Oz no te da un cerebro, no estarás peor que ahora.

—Cierto —dijo el Espantapájaros—. Verás —siguió diciendo en tono de secreto—, no me molesta que las piernas, brazos y cuerpo sean de paja, pues no pueden herirme. Si me pisan o me pinchan, no importa porque no puedo sentirlo. Pero no quiero que la gente me llame tonto y, si mi cabeza sigue rellena de paja en vez de sesos, como la tuya, ¿cómo llegaré a siquiera saber algo?

—Entiendo cómo te sientes —contestó la niña, que de veras sentía lástima por él—. Si vienes conmigo, le pediré a Oz que haga todo lo que pueda por ti.

—Gracias —respondió él agradecido.

Volvieron al camino. Dorothy lo ayudó a trepar la valla y empezaron a andar por el camino amarillo hacia la Ciudad Esmeralda.

Al principio, a Toto no le gustó esta nueva adición al equipo. Olfateaba al hombre de paja como si sospechara que unas ratas hubieran anidado dentro y le gruñó varias veces de manera poco amistosa.

—No le hagas caso a Toto —aconsejó Dorothy a su nuevo amigo—. Nunca muerde.

—Oh, no le tengo miedo —respondió el Espantapájaros—. No puede lastimar la paja. Déjame llevar la canasta, por favor. No me molestará porque no puedo cansarme. Te confiaré un secreto —prosiguió mientras caminaba—. Hay una sola cosa en el mundo a la que le temo.

—¿A qué cosa? —preguntó Dorothy—. ¿Al munchkin granjero que te fabricó?

—No —contestó el Espantapájaros—. A un fósforo encendido.

## CAPÍTULO IV — EL CAMINO POR EL BOSQUE

Pasadas unas horas, el camino empezó a escabrosearse y la caminata se dificultó tanto que el Espantapájaros trastabillaba seguido con los adoquines amarillos, que se habían vuelto muy irregulares en este punto. Tal es así, que a veces estaban rotos o simplemente faltaban y dejaban baches que Toto evitaba de un salto o que Dorothy rodeaba. Por otra parte, el Espantapájaros, al no tener cerebro, los pasaba por encima, los pisaba y caía de cara sobre los adoquines duros. Nunca le dolía, empero, y Dorothy lo alzaba y lo ponía sobre los pies de nuevo, mientras él se reía del percance.

Las granjas no estaban tan bien cuidadas como lo estaban más atrás. Había menos casas y menos árboles frutales, y cuanto más se alejaban, más lúgubre y solitario se volvía el paisaje.

Al mediodía se sentaron al costado del camino, cerca de un arroyo, y Dorothy abrió la canasta para sacar algo de pan. Le ofreció una rebanada al Espantapájaros, pero lo rechazó.

—Nunca tengo hambre —explicó él—, y es una fortuna, pues tengo la boca tan solo pintada y, si le abriera un hueco para comer, la paja de la que estoy relleno se escaparía y se me deformaría la cabeza.

Dorothy comprobó de inmediato que era cierto, así que se limitó a asentir y comer el pan.

—Cuéntame algo de ti y de las tierras de donde vienes —pidió el Espantapájaros una vez que ella hubo acabado de cenar. Así que ella le contó todo sobre Kansas y sobre el gris que todo lo tiñe allí y sobre cómo el huracán la había traído a este extraño Reino de Oz.

El Espantapájaros escuchó atento y expresó: «No puedo entender, ¿por qué querrías dejar este hermoso reino y volver a ese lugar gris y reseco al que llamas Kansas?».

—No lo entiendes porque no tienes cerebro —replicó la niña—. Sin importar cuán gris y depresivo sea el hogar, los seres de carne y hueso lo preferimos por sobre cualquier otro lugar para vivir, sin importar cuán hermoso sea. No hay lugar como el hogar.

El Espantapájaros suspiró.

—Por supuesto que no puedo entenderlo —agregó—. Si, al igual que yo, todos tuvieran la cabeza rellena de paja, sería probable que vivieran en sitios hermosos y, en Kansas, no habría nadie.

Kansas es muy afortunada de que tengan sesos.

—¿No me contarías una historia mientras descansamos? —preguntó la niña.

El Espantapájaros la reprochó con la mirada y le contestó:

—Vivo hace tan poco tiempo que en realidad no sé nada. Me fabricaron recién anteayer. Desconozco todo lo que sucedió en el mundo antes de eso. Por suerte, cuando el granjero me fabricaba la cabeza, una de las primeras cosas que hizo fue pintarme las orejas, así que escuchaba todo lo que sucedía. Había otro munchkin con él y lo primero que oí fue al granjero decir: «¿Qué te parecen esas orejas?».

»«No están derechas», respondió el otro.

»«No importa», dijo el granjero. «Igual siguen siendo orejas». Lo cual, a fin de cuentas, era cierto.

»«Ahora haré los ojos», continuó el granjero. Así que me pintó el ojo derecho y, en cuanto lo acabó, me encontré viéndolo a él y a todo lo que me rodeaba relleno de curiosidad porque era la primera vez que veía el mundo.

»«Es un ojo bastante bonito», elogió el munchkin que observaba al granjero. «El azul es el mejor color para pintar unos ojos».

»«Creo que haré el otro un poco más grande», comentó el granjero. Y una vez que el segundo ojo estuvo pintado, pude ver mucho mejor que antes. Prosiguió a hacerme la nariz y la boca. Pero no hablé porque en ese momento no sabía para qué servía la boca. Me divertí viéndolos fabricarme el torso, los brazos y las piernas y, cuando por fin lo unieron con la cabeza, me sentí orgulloso, pues creí que era tan humano como cualquier otro.

»«Este muchacho espantará los cuervos en un dos por tres», dijo el granjero. «Se ve igual que un humano».

»«Y bueno, es humano», aclaró el otro, y estuve bastante de acuerdo con él. El granjero me llevó bajo el brazo hasta el campo de maíz y me clavó en el poste elevado donde me encontraste. Poco después él y su amigo se alejaron y me dejaron solo.

»No me gustó que me abandonaran de esta manera. Así que intenté seguirlos, pero no tocaba el suelo con los pies y estaba atado de pie al poste. Era una forma muy solitaria de vida, pues no podía pensar en nada, habiendo sido fabricado hacía tan solo unos momentos. Muchos cuervos y otras aves entraron volando al campo, pero en cuanto me veían, en seguida huían porque pensaban que era un munchkin, lo cual me reconfortó en gran medida y me hizo sentir importante. Al poco tiempo un cuervo anciano se me acercó y, tras una inspección minuciosa, se me clavó en el hombro y dijo:

»«Me pregunto si ese granjero creyó que algo tan burdo me engañaría. Cualquier cuervo con dos garras de frente notaría que estás relleno de paja». Bajó a los pies y engulló todo el maíz que quiso. Al ver que no lo hería, las otras aves también se acercaron a comer el maíz; en poco tiempo, estaba rodeado de una bandada numerosa.

»Me entristeció porque demostraba que a fin de cuentas no era tan buen espantapájaros, pero el cuervo anciano me consoló: «Si tan solo tuvieras un cerebro en la cabeza, serías tan humano como el resto, e incluso mejor que algunos. El cerebro es lo único que vale la pena tener en este mundo, sin importar si eres cuervo o humano».

»Después de que los cuervos se hubieran ido, rumié el asunto y decidí intentar con todas mis fuerzas conseguir algunos sesos. Por suerte, apareciste y me bajaste del poste y, por lo que dices, estoy seguro de que Oz el Grande me dará algún cerebro en cuanto lleguemos a la Ciudad Esmeralda.

—¡Ojalá! —exclamó Dorothy conmovida—, porque pareces deseoso de tener uno.

—Oh sí, estoy deseoso —respondió el Espantapájaros—. Es desagradable para uno saber que es zonzo.

—Bueno —dispuso Dorothy— pongámonos en marcha. —Dicho esto, le entregó la canasta al Espantapájaros.

Ya no había ninguna valla a las veras del camino y el terreno era accidentado y había perdido los adoquines. El anochecer se acercaba y llegaron a un gran bosque, en donde los árboles crecían tan grandes y pegados que las ramas se intrincaban sobre el camino amarillo. La oscuridad casi reinaba debajo de los árboles, pues las ramas evitaban que la luz penetrase, pero los caminantes no se detuvieron y se adentraron en el bosque.

—Todo lo que entra debe salir —dijo el Espantapájaros— y, como la Ciudad Esmeralda está en la otra punta del camino, tenemos que seguirlo a donde nos lleve.

—Cualquiera lo sabría —comentó Dorothy.

—Claro, y es justo por eso que lo sé —repuso el Espantapájaros—. Si fueran necesarios sesos para saberlo, nunca lo habría dicho.

Después de una hora o más, la luz se extinguió y caminaban a ciegas en la oscuridad. Dorothy no veía nada; pero Toto, sí, porque algunos perros pueden ver muy bien en la oscuridad, y el Espantapájaros afirmó que podía ver tan bien como si fuera de día. Por lo tanto, Dorothy lo sujetó del brazo y logró avanzar con cierta desenvoltura.

—Si llegas a ver una casa o lugar en donde dormir —le pidió Dorothy—, debes decírmelo, pues es muy incómodo caminar en la oscuridad.

Poco después el Espantapájaros se detuvo.

—Veo una cabañita a la derecha —avisó él—, construida con troncos y ramas. ¿Entramos?

—Por favor —pidió Dorothy—. Estoy agotada.

El Espantapájaros la guio por entre los árboles hasta la cabañita; Dorothy entró y encontró una cama de hojarasca en una de las esquinas. Se acostó en el acto y, en muy poco tiempo y con Toto al costado de ella, concilió el sueño. El Espantapájaros, que nunca se cansaba, se quedó parado en otra esquina y esperó con paciencia a que la mañana despuntara.

Cuando Dorothy se despertó, el sol se colaba a través de los árboles y Toto hacía tiempo que había salido a perseguir los pájaros y las ardillas que lo rodeaban. Ella se sentó y miró en rededor. El Espantapájaros seguía parado en la esquina esperándola con paciencia.

—Debemos salir a buscar agua —Dorothy le avisó.

—¿Para qué quieres agua? —preguntó.

—Para limpiarme el rostro de todo el polvo del camino y para beber, así el pan reseco no se me pega a la garganta.

—Debe ser impráctico ser de carne —dijo pensativo el Espantapájaros—, porque tienen que dormir, comer y beber. Pero tienen sesos y el ser capaz de pensar con propiedad vale todas las molestias.

Salieron de la cabaña y caminaron entre los árboles hasta encontrar una pequeña vertiente de agua fresca, donde Dorothy bebió, se lavó y desayunó. Ella notó que no quedaba mucho pan en la canasta y estuvo agradecida por que el Espantapájaros no necesitara comer nada, porque había apenas suficiente para ella y para Toto para el día.

Cuando ella acabó la comida y estaba a punto de volver al camino amarillo, se exaltó al escuchar un gruñido grave cerca.

—¿Qué fue eso? —preguntó tímida.

—No puedo imaginarlo —contestó el Espantapájaros—, pero podemos ir a ver.

Justo entonces otro gruñido les llegó a los oídos y parecía provenir de atrás de ellos. Se dieron vuelta y dieron unos pasos por el bosque hasta que Dorothy descubrió algo brillando bajo un haz de luz que se colaba entre las ramas. Corrió hasta allí, se detuvo de golpe y ahogó un grito de sorpresa.

Uno de los árboles grandes había sido talado en parte y junto a él, con un hacha elevada en el aire, estaba parado un hombre de hojalata. Con la cabeza, los brazos y las piernas unidas al cuerpo con articulaciones, pero inmóvil, como si fuese incapaz de moverse en absoluto.

Dorothy lo miró sorprendida, al igual que lo hizo el Espantapájaros, mientras Toto le ladraba con fuerzas y le mordió las piernas metálicas, con lo que le dolieron los dientes.

—¿Gruñó? —preguntó Dorothy.

—Sí —respondió el hombre de hojalata—, gruñí. Llevo más de un año gruñendo y nadie me había escuchado antes ni venido a socorrerme.

—¿Hay algo que pueda hacer por usted? —preguntó ella con ternura, pues la voz triste del hombre la había conmovido.

—Busca una aceitera y lubrícame las articulaciones —pidió—. Están tan oxidadas que no puedo moverlas en lo más mínimo; si me lubricas, pronto estaré bien de nuevo. Encontrarás una aceitera en un estante en mi cabaña.

Sin esperar, Dorothy se fue corriendo a la cabaña, encontró la aceitera, volvió y le preguntó preocupada: «¿Dónde están las articulaciones?».

—Primero lubrícame el cuello —respondió. Entonces ella le vertió el aceite y, como estaba demasiado herrumbrado, el Espantapájaros le sujetó la cabeza y la movió con delicadeza de un lado al otro, hasta que se pudo mover con libertad; entonces el hombre podía girarla por su propia cuenta.

—Ahora las articulaciones de los brazos —pidió. Dorothy les puso aceite y el Espantapájaros las movió con cuidado hasta que se les fue la herrumbre y quedaron como nuevas.

El Leñador de Hojalata suspiró aliviado y bajó el hacha, que dejó apoyada contra el árbol.

—¡Qué alivio! —exclamó el Leñador de Hojalata—. Llevo cargando el hacha en el aire desde que me oxidé y me alegra por fin poder dejarla en el suelo. Ahora bien, si me lubricaran las articulaciones de las piernas, volveré a estar como nuevo.

Así que le vertieron aceite por las piernas hasta que pudo moverlas con libertad y les agradeció una y otra vez por haberlo liberado, pues parecía un ser muy educado y agradecido.

—Me habría quedado allí para siempre si no hubiesen aparecido —dijo el Leñador de Hojalata—, así que me salvaron la vida. ¿Cómo es que están acá?

—Vamos de camino a la Ciudad Esmeralda para ver a Oz el Grande —contestó Dorothy— y paramos en tu cabaña para dormir.

—¿Por qué quieren ver a Oz? —preguntó.

—Quiero que me envíe de vuelta a Kansas y el Espantapájaros quiere que le rellene la cabeza con un cerebro —explicó Dorothy.

El Leñador de Hojalata pareció pensar en profundidad por un momento. Luego preguntó:

—¿Creen que Oz pueda darme un corazón?

—Bueno, supongo que sí —repuso Dorothy—. Le será tan fácil como darle un cerebro al Espantapájaros.

—Cierto —contestó el Leñador de Hojalata—. Entonces, si me lo permiten, iré también con ustedes a la Ciudad Esmeralda y le pediré a Oz que me ayude.

—Ven con nosotros —le animó el Espantapájaros y Dorothy añadió que le encantaría tenerlo de compañía. Así que el Leñador de Hojalata se llevó el hacha al hombro y atravesaron los árboles hasta volver al camino de los adoquines amarillos.

El Leñador de Hojalata le había pedido a Dorothy que pusiera su aceitera en la canasta. Él explicó: «Porque, si la lluvia llegara a atraparme y me oxido de nuevo, necesitaré mucho la aceitera».

La adición del nuevo compañero al grupo fue un golpe de suerte porque, poco después de retomar el viaje, se toparon con un sitio en donde los árboles y las ramas se enmarañaban tanto sobre el camino que los viajantes no podían avanzar. No obstante, el Leñador de Hojalata se puso manos a la obra y con el hacha taló tan bien que pronto despejó el camino para todo el grupo.

Dorothy iba tan ensimismada en sus pensamientos mientras avanzaban por el camino que no se dio cuenta cuando el Espantapájaros se tropezó con un bache y rodó hasta la vera del camino. De hecho, él se vio obligado a llamarla para que lo ayudara a levantarse.

—¿Por qué no evitaste el bache? —preguntó el Leñador de Hojalata.

—No sé lo suficiente —repuso sonriendo el Espantapájaros—. Verás, tengo la cabeza rellena de paja y por eso es que voy a pedirle a Oz que me dé algún seso.

—Ah, ya veo —comprendió el Leñador de Hojalata—. Pero, a fin de cuentas, el cerebro no es lo mejor del mundo.

—¿Tú tienes? —consultó el Espantapájaros.

—No, mi cabeza está hueca —aclaró el Leñador de Hojalata—. Pero supe tener cerebro y también corazón y, habiendo tenido ambos, prefiero sobre todo volver a tener un corazón.

—¿Por qué? —quiso saber el Espantapájaros.

—Te contaré mi historia y sabrás.

Entonces, mientras caminaban por el bosque, el Leñador de Hojalata narró la siguiente historia:

—Soy el hijo de un carpintero que talaba los árboles del bosque y vendía la madera para subsistir. Al crecer, también me hice leñador y tras la muerte de mi padre cuidé de mi madre por cuanto tiempo vivió. Entonces tomé la decisión de que no viviría solo, sino que me casaría para tener la posibilidad de no estar solo.

»Había entre los munchkins, una joven tan hermosa que pronto me enamoré perdidamente de ella. Por su parte, ella prometió casarse conmigo en cuanto yo ahorrara suficiente dinero para construirle un hogar mejor; así que empecé a trabajar con más empeño que nunca. Pero la joven vivía con una anciana que quería que no se casara con nadie porque era tan perezosa que deseaba que la muchacha se quedara con ella para que le cocinara y se encargara de los quehaceres del hogar. Por eso, la anciana fue a ver a la Bruja Malvada del Este y le prometió dos ovejas y una vaca si evitaba nuestro matrimonio. En ese momento, la Bruja maldijo mi hacha y, un día en el que estaba trabajando mejor que nunca, pues estaba deseoso de tener una casa nueva y casarme con mi esposa cuanto antes, el hacha se escapó con diligencia y me amputó la pierna izquierda.

»Al principio me pareció una desgracia porque uno no puede ser buen leñador con una sola pierna. Así que fui a ver a un hojalatero para pedirle que me fabricara una pierna nueva de hojalata. Una vez que me hube acostumbrado, la pierna funcionaba muy bien. Pero mi accionar enojó a la Bruja Malvada, pues ella le había prometido a la anciana que no me casaría con la joven munchkin. Cuando volví a cortar madera, el hacha se escapó y me cortó la pierna derecha. Una vez más acudí al hojalatero y una vez más me fabricó una pierna de hojalata. Luego el hacha me cercenó los brazos, primero uno y luego el otro, pero fui impasible y los reemplacé con unos de hojalata. Después, la Bruja hizo que el hacha me decapitara y, al principio, temí que fuera mi fin. El hojalatero, empero, justo pasaba por allí y me fabricó una nueva cabeza de hojalata.

»Creí haber vencido a la Bruja entonces y trabajé con mayor asiduidad que nunca, pero ignoraba la tamaña crueldad de mi enemiga. Se le ocurrió una manera nueva de marchitar mi amor por mi hermosa munchkin prometida e hizo que el hacha se escapara de nuevo y me partiera el cuerpo, con lo que me dividió en dos. Una vez más, el hojalatero vino a mi rescate, me fabricó un cuerpo de hojalata y lo ensambló con los brazos, las piernas y la cabeza de hojalata mediante articulaciones para que pudiera moverme tan bien como antes. Pero, ¡ay de mí! Ahora no tenía corazón y perdí todo el amor que sentía por la joven; ya no me importaba si me casaba con ella o no. Presumo que sigue viviendo con la anciana y todavía espera que vuelva por ella.

»El sol hacía que el cuerpo me refulgiera con tantas fuerzas que me sentía orgulloso y no importaba si el hacha se me escapaba, puesto que no podía herirme. Era tan solo uno el riesgo que corría: que las articulaciones se me herrumbrasen, pero guardaba una aceitera en mi cabaña y me encargaba de lubricarme cada vez que lo necesitaba. Pero llegó el día en que me olvidé de hacerlo y, atrapado bajo la lluvia y antes de percatarme del peligro, las articulaciones se llenaron de óxido y quedé de pie en el bosque hasta que vinieron a mi rescate. Fue un calvario el que padecí, pero durante ese año en que estuve paralizado tuve tiempo suficiente para percatarme de que la mayor pérdida que sufrí fue la de mi corazón. Enamorado, era la persona más feliz sobre la faz de la tierra, pero no puede enamorarse a quien le falta el corazón, así que decidí pedirle a Oz que me dé uno. Si me lo da, volveré con mi prometida y nos casaremos.

Tanto Dorothy como el Espantapájaros escucharon llenos de interés la historia del Leñador de Hojalata y ahora comprendían el porqué de su deseo por conseguir un nuevo corazón.

—De todas maneras —señaló el Espantapájaros—, yo le pediré unos sesos en vez de un corazón porque un zonzo no sabría qué hacer con un corazón si lo tuviera.

—Yo me quedo con el corazón —repuso el Leñador de Hojalata— porque un cerebro no trae felicidad y la felicidad es lo mejor del mundo.

Dorothy se quedó callada porque no estaba segura de cuál de sus dos amigos estaba en lo correcto y concluyó que, si tan solo pudiera volver a Kansas con la tía Em, no importaría mucho si el Leñador no tenía ningún cerebro ni si el Espantapájaros ningún corazón o si cada uno recibía lo que quería.

Lo que más le preocupaba era que el pan estaba agotándose y que, con la próxima comida de ella y de Toto, se vaciaría la canasta. Estaba claro que ni el Leñador ni el Espantapájaros comían nada, pero ella no era ni de hojalata ni de paja y no podría vivir si no se alimentaba.

Todo este tiempo, Dorothy y compañía venían caminando a través del denso bosque. Los adoquines amarillos todavía cubrían el camino, pero las ramas secas y la hojarasca los tapaban en gran parte y la caminata no era para nada constante.

No abundaban las aves en esta parte del bosque porque las aves adoran el campo abierto, en donde rebosa la luz del sol. Sin embargo, de vez en cuando ellos escuchaban el gruñido grave de algún animal salvaje escondido detrás de los árboles. Debido a estos sonidos, se le aceleraba el corazón a la niña, puesto que desconocía qué los producía; pero Toto sabía y caminaba pegado al costado de Dorothy y ni siquiera devolvía un ladrido.

—¿Cuánto falta —le preguntó Dorothy al Leñador de Hojalata— para que salgamos del bosque?

—No sabría decírtelo —fue la respuesta—, nunca fui a la Ciudad Esmeralda. Pero mi papá fue una vez, cuando yo era niño, y dijo que era un viaje largo por unas tierras peligrosas, aunque, cerca de la ciudad en la que habita Oz, las tierras son preciosas. Sin embargo, a nada le temeré en tanto y en cuanto tenga conmigo mi aceitera, y nada puede herir al Espantapájaros. Mientras que tú portas en la frente la marca del beso de la Bruja Buena que te protege de todo mal.

—Pero, ¡Toto! —exclamó ansiosa la niña—¿Qué lo protegerá?

—Seremos nosotros quienes debamos protegerlo si está bajo peligro —repuso el Leñador de Hojalata.

Justo mientras respondía, les llegó desde el bosque un rugido temible y luego un gran león saltó al camino. De un zarpazo, hizo rodar al Espantapájaros hasta que salió del camino y luego con las garras filosas le asestó un golpe al Leñador de Hojalata. Para sorpresa del león, empero, no pudo rayar la hojalata, aunque el Leñador cayó al suelo y allí permaneció inmóvil.

El pequeño Toto, ahora enfrentado contra un enemigo, corrió ladrando hasta el león y la fiera enorme abrió las fauces para clavárselas al perro, cuando Dorothy, temiendo que acabara con Toto e ignorando el peligro, corrió hasta el león y le pegó un golpe en la nariz tan fuerte como pudo y gritó:

—¡No te atrevas a morder a Toto! Debería darte vergüenza, ¡una bestia tan grande como tú queriendo herir a un pobre perrito!

—No lo mordí —contestó el León restregándose la nariz con la garra en donde Dorothy le había pegado.

—No, pero lo intentaste —le devolvió—. Eres tan solo un grandísimo cobarde.

—Lo sé —dijo el León cabizbajo de la pena—. Siempre lo supe, pero ¿cómo evitarlo?

—No lo sé, de eso estoy segura. ¡Y pensar que atacaste a un hombre de paja como el pobre Espantapájaros!

—¿Es de paja? —inquirió sorprendido el León, mientras la veía alzar al Espantapájaros, ponerlo de pie y darle forma de nuevo con unos golpecitos.

—Por supuesto que es de paja —le contestó Dorothy, quien seguía enojada.

—Con razón salió volando tan fácil —comentó el León—. Me sorprendió verlo revolcarse de esa manera. ¿El otro también es de paja?

—No —repuso Dorothy—, es de hojalata. —Y ayudó al Leñador a levantarse.

—Por eso es que casi pierdo el filo de las garras —comprendió el León—. Cuando rasgué la hojalata, me recorrió un escalofrío por la espalda. ¿Qué es el animalito por el cual sientes tanto cariño?

—Es mi perrito Toto —repuso Dorothy.

—¿Es de paja u hojalata? —preguntó el León.

—Ninguna. Es de... de... carne —respondió Dorothy temerosa.

—¡Oh! Qué animal más curioso y se ve demasiado pequeño, ahora que lo veo. Nadie, salvo un cobarde como yo, pensaría en morder tal cosita —prosiguió triste el León.

—¿Qué te acobarda? —preguntó Dorothy, viendo con sorpresa a la fiera que era tan grande como una casa pequeña.

—Es un misterio —respondió el León—. Creo que así es como nací. Por supuesto, todos los animales del bosque esperan que sea valiente; pues en todas partes se considera al león como el Rey de las Fieras. Aprendí que, si rugía con fuerza, todas las criaturas se atemorizaban y se apartaban de mi camino. Cada vez que me topaba con un ser humano, yo estaba asustado hasta el tuétano, pero solo le rugía y él siempre huía tan rápido como podía. Si los elefantes y los tigres y los osos hubieran intentado contraatacarme, habría salido corriendo, soy todo un cobarde; pero en cuanto me oyen rugir, todos se alejan de mí y, por supuesto, los dejo ir.

—Pero no está bien. El Rey de las Fieras no debería ser cobarde

—comentó el Espantapájaros.

—Lo sé —dijo el León secándose una lágrima con la punta de la cola—. Es mi gran tragedia y me entristece la vida. Pero cada vez que hay peligro, se me acelera el corazón.

—Capaz tengas una enfermedad del corazón —sugirió el Leñador de Hojalata.

—Quizás —repuso el León.

—Si así fuera —continuó el Leñador de Hojalata—, deberías estar agradecido, porque es prueba de que tienes corazón. Por mi parte, yo no tengo uno, así que no puedo tener ninguna enfermedad del corazón.

—Capaz así sea —reflexionó el León—, si no tuviera corazón, no sería cobarde.

—¿Y tienes algún seso? —quiso saber el Espantapájaros.

—Sospecho que sí. Nunca me detuve a comprobar —replicó el León.

—Voy de camino a ver a Oz el Grande para que me dé alguno —aclaró el Espantapájaros—, ya que mi cabeza está rellena de paja.

—Y yo un corazón —añadió el Leñador.

—Y yo a que me envíe a mí y a Toto de vuelta a Kansas —agregó Dorothy.

—¿Creen que Oz pueda darme coraje? —preguntó el León Cobarde.

—Con la misma facilidad con la que podría darme algún seso —contestó el Espantapájaros.

—O a mí un corazón —añadió el Leñador.

—O enviarme de vuelta a Kansas —agregó Dorothy.

—Entonces, si no les molesta, iré con ustedes —dijo el León—, porque no tolero vivir sin coraje.

—Eres más que bienvenido —contestó Dorothy—, ya que contigo mantendremos a las otras bestias salvajes al margen. Me parece que ellas deben sentirse más acobardadas que tú si las espantas con tanta facilidad.

—Sí que lo están —confirmó el León—, pero eso no me quita lo cobarde y, en tanto y en cuanto sea consciente de mi cobardía, seré infeliz.

Así que una vez más, el grupito emprendió viaje, con el León dando zancadas elegantes al costado de Dorothy. Al principio, Toto no aprobaba al compañero nuevo porque no podía olvidar cuán cerca estuvo de ser aplastado por las fauces del enorme

León. No obstante, después de un tiempo empezó a estar más tranquilo y luego se hicieron grandes amigos.

Por el resto de ese día no hubo ninguna otra aventura que enlenteciera el ritmo de la marcha. De hecho, en una ocasión, el Leñador de Hojalata pisó un escarabajo que se arrastraba por el camino y lo mató al pobrecito. El Leñador de Hojalata se entristeció mucho, pues era muy precavido de no herir a ningún ser vivo y, mientras caminaba, muchas lágrimas de tristeza y arrepentimiento le pintaron el rostro. Las lágrimas se deslizaron lentas por el rostro y llegaron hasta los quicios de la mandíbula. Cuando al poco tiempo Dorothy le preguntó algo, el Leñador no podía abrir la boca porque el óxido de los quicios se la había sellado. Se asustó mucho y le hizo muchas señas a Dorothy para que lo sacara del apuro, pero ella no supo interpretar las señas. El León también estuvo confundido por lo que sucedía. Sin embargo, el Espantapájaros sacó la aceitera de la canasta de Dorothy y le lubricó las articulaciones al Leñador para que en poco tiempo pudiera hablar de nuevo como antes.

—Que esto me sirva de lección —explicó él— para ver dónde piso. Porque si asesino otro insecto o escarabajo, estoy seguro de que lloraré de nuevo y mis lágrimas me herrumbran las articulaciones y no puedo hablar.

De allí en adelante caminó con mucho cuidado y con los ojos clavados en el camino y, cada vez que veía a una pequeña hormiga caminar, evitó pisarla para no herirla. El Leñador de Hojalata era muy consciente de que no tenía corazón y, por lo tanto, tomó todas las precauciones para no volver a ser cruel o maleducado de nuevo con nada.

—Ustedes —explicó el Leñador de Hojalata— tienen un corazón que los guía y no necesitan causar ningún mal, pero yo no tengo ningún corazón y entonces debo ser muy precavido. Obviamente, cuando Oz me dé un corazón, no me preocuparé tanto.

Se vieron obligados a acampar aquella noche bajo un árbol grande en el bosque porque no había ninguna casa en la cercanía. El árbol les ofreció una buena cobertura espesa que los resguardó del rocío; el Leñador de Hojalata hachó un montón de leña y Dorothy encendió una fogata espléndida que la abrigó y le hizo sentirse menos sola. Ella y Toto comieron el pan restante y ya no supo qué desayunarían.

—Si quieres —se ofreció el León—, me adentraré en el bosque y les cazaré un ciervo. Puedes asarlo al fuego, ya que sus gustos son tan particulares que prefieren la comida cocida, y tendrán un muy buen desayuno.

—¡No lo hagas! Por favor —suplicó el Leñador de Hojalata—. Es más que seguro que lloraré si matas a un pobre ciervo y, entonces, se me oxidará la mandíbula de nuevo.

No obstante, el León se alejó por el bosque y consiguió su cena, ¿qué fue? Nadie lo supo nunca, pues no lo aclaró. El Espantapájaros encontró un nogal cargado de nueces y llenó la canasta de Dorothy con las nueces para que no ella sintiera hambre por un buen tiempo. A Dorothy le pareció algo muy lindo y considerado de parte del Espantapájaros, pero se rio animosamente por la manera extraña en la que el pobre muñeco recogía las nueces. Las manos rellenas de paja eran tan torpes y las nueces tan pequeñas que se le escaparon casi tantas nueces como cuantas puso en la canasta. Sin embargo, al Espantapájaros no le importó cuánto tiempo tardó en llenar la canasta porque le permitía mantenerse alejado del fuego, ya que temía que una chispa atrapara la paja y lo consumiera por completo. De modo que se mantuvo a una buena distancia de las llamas y solo se acercó para cubrir a Dorothy con hojarasca cuando ella se acostó a dormir. La mantuvieron cómoda y abrigada y durmió como una marmota hasta la mañana.

Cuando ya hubo alboreado el día, la niña se limpió el rostro en un arroyito correntoso y poco después prosiguieron el camino hacia la Ciudad Esmeralda.

Este iba a ser un día ajetreado para los caminantes. Llevaban caminando apenas una hora cuando vieron ante ellos una gran zanja que cortaba el camino y dividía el bosque hasta donde alcanzaba la vista a ambos lados. Era una zanja muy ancha y, cuando se asomaron por el borde y miraron hacia abajo, vieron que también era muy profunda, con muchas rocas grandes y filosas en el fondo. Los costados eran tan escarpados que ninguno de ellos podía descender y, por un momento, parecía que el viaje había llegado a su fin.

—¿Qué iremos a hacer? —preguntó Dorothy desanimada.

—No tengo la más mínima idea —repuso el Leñador de Hojalata, y el León negó con la melena y miró pensativo.

El Espantapájaros, empero, razonó: «No podemos volar; está claro. Tampoco podemos descender a la gran zanja. Por lo tanto, si no podemos saltarla, debemos detenernos en donde estamos».

—Creo que podría saltarla —supuso el León Cobarde después de medir la distancia con cuidado en la mente.

—Entonces está todo bien —respondió el Espantapájaros—, ya que puedes llevarnos a todos sobre el lomo, uno a la vez.

—Bueno, lo intentaré —contestó el León—. ¿Quién irá primero?

—Yo —se ofreció seguro el Espantapájaros—, porque, si ves que no puedes saltar el abismo, Dorothy moriría o el Leñador de Hojalata quedaría muy abollado en las rocas debajo. Pero si voy yo sobre el lomo, no importará mucho, pues la caída no me lastimaría en absoluto.

—Tengo muchísimo miedo de caerme —confesó el León Cobarde—, pero creo que no hay nada por hacer más que intentarlo. Así que móntame al lomo e intentémoslo.

El Espantapájaros se montó sobre el lomo del León y la gran bestia se acercó caminando al borde y se agazapó.

—¿Por qué no corres y saltas? —preguntó el Espantapájaros

—Porque esa no es la manera en la que los leones hacemos estas cosas —repuso el León. Luego, pegando un gran brinco, voló por los aires y aterrizaron seguros del otro lado. Estuvieron todos muy complacidos al ver con cuánta facilidad lo había logrado y, una vez que el Espantapájaros hubo descendido del lomo, el León saltó de vuelta la zanja.

Dorothy pensó que iría ella segunda; así que cargó a Toto en brazos, montó el lomo del León y se asió con fuerza de la melena usando una mano. De inmediato, parecía como si atravesara el aire volando y luego, antes de que tuviera tiempo para pensarlo, habían aterrizado seguros del otro lado. El León volvió una tercera vez y buscó al Leñador de Hojalata, y todos se sentaron por unos instantes para darle a la bestia la oportunidad de descansar porque los saltos largos le habían hecho perder el aliento y jadeaba como un perro grande que lleva mucho tiempo corriendo.

Se encontraron con un bosque muy tupido de este lado, de apariencia oscura y tenebrosa. Una vez que el León hubo descansado, retomaron el camino de adoquines amarillos y cada uno se preguntaba en silencio dentro de la cabeza si en algún momento llegarían a la linde del bosque y si el brillo de la luz del sol volvería a acariciarlos. Para exacerbar la incomodidad, pronto escucharon sonidos extraños provenientes de las profundidades del bosque y el León les contó entre susurros que en estos lugares vivían los kalidahs.

—¿Qué son los kalidahs? —preguntó la niña.

—Bestias monstruosas, con cuerpo de oso y cabeza de tigre —explicó el León—, y con garras tan largas y afiladas que podrían desgarrarme en dos con la misma facilidad con la que yo podría acabar con Toto. Me dan pánico los kalidahs.

—No me sorprende que te lo den —contestó Dorothy—. Deben de ser bestias terroríficas.

El León estuvo a punto de responder, cuando llegaron a un nuevo abismo que cortaba el camino. Pero este era tan ancho y profundo que el León supo de inmediato que no podría atravesarlo con un salto.

Por lo tanto, se sentaron a pensar qué deberían hacer y, luego de una reflexión seria, el Espantapájaros propuso:

—Aquí hay un árbol altísimo, que crece cerca del abismo. Si el Leñador de Hojalata puede talarlo para que caiga del otro lado, podremos caminar sobre él con facilidad.

—Es una idea brillante —celebró el León—. Hasta podría sospecharse que sí hay un cerebro manejándote la cabeza, en vez de paja.

El Leñador se puso manos a la obra de inmediato y tan filosa era el hacha que pronto el árbol estuvo talado casi por completo. Acto seguido, el León apoyó las fuertes patas delanteras contra el árbol y empujó con todas sus fuerzas, y el árbol se fue inclinando lentamente hasta caer dando un golpazo, con las ramas de la copa apoyadas en el otro lado.

Apenas habían empezado a cruzar este puente singular cuando un chillido agudo les hizo levantar la mirada y, para su horror, vieron a dos bestias enormes con cuerpo de oso y cabeza de tigre corriendo hacia ellos.

—¡Son kalidahs! —gritó temblando el León Cobarde.

—¡Rápido! —ordenó el Espantapájaros—. Crucemos de una vez.

De modo que Dorothy avanzó primera, sujetando a Toto entre los brazos, la siguió el Leñador de Hojalata y luego cruzó el Espantapájaros. El León, a pesar de que sin lugar a dudas estaba aterrorizado, se dio vuelta para enfrentar a los kalidahs y lanzó un rugido tan ruidoso y temible que Dorothy gritó y el Espantapájaros se cayó para atrás, mientras que las bestias feroces se frenaron de golpe y lo miraron sorprendidas.

Viendo que eran más grandes que el León, empero, y recordando que eran dos y él solo uno; los kalidahs avanzaron rápido de nuevo; el León cruzó el árbol y se volteó para ver qué hacer después. Sin detenerse por un momento, las bestias feroces también empezaron a cruzar el árbol. El León le advirtió a Dorothy:

—Estamos perdidos porque de seguro nos desgarrarán y harán trizas con las garras filosas. Pero ponte detrás de mí y les haré frente por cuanto tiempo viva.

—¡Espera un minuto! —gritó el Espantapájaros. Había estado pensando qué era lo mejor para hacer y ahora le había pedido al Leñador que cortara la copa del árbol que descansaba sobre este lado de la zanja. El Leñador de Hojalata empezó a hachar de inmediato y, justo cuando los kalidahs habían casi atravesado la zanja, el árbol cayó y golpeó el fondo de la fosa. Con él, se llevó a los horrendos brutos gruñones, que se descuartizaron en piezas contra las rocas filosas del fondo.

—Bueno —se alivió el León Cobarde mientras exhalaba un largo suspiro—, parece ser que viviremos un poco más y estoy agradecido, pues debe ser muy desagradable no estar vivo. Esas bestias me asustaron tanto que el corazón todavía me late con fuerza.

—Ah... —se apenó el Leñador de Hojalata—, ojalá tuviera un corazón para que me latiera con fuerza.

Debido a esta aventura, nuestros caminantes estuvieron más deseosos que nunca de salir del bosque y caminaron con tanta velocidad que Dorothy se cansó y tuvo que montarse sobre el lomo del León. Para su alegría, los árboles se espaciaban a medida que avanzaban y, a la tarde, de súbito llegaron a un río ancho que corría veloz frente a ellos. Al otro lado del río, podían ver el camino de adoquines amarillos atravesar un paisaje precioso con prados verdes manchados de flores brillantes y, a ambos lados del camino, crecían árboles cargados de frutos deliciosos. Estaban muy agradecidos de ver este paisaje hermoso ante ellos.

—¿Cómo cruzaremos el río? —preguntó Dorothy.

—Es pan comido —repuso el Espantapájaros—. El Leñador de Hojalata debe construir una balsa para que lleguemos flotando a la otra orilla.

Entonces, el Leñador tomó el hacha y comenzó a cortar arbolitos para construir una balsa y, mientras se ocupaba de esto, el Espantapájaros encontró en la orilla un árbol cargado con frutas exquisitas. Esto complació a Dorothy, quien no había comido nada más que nueces en todo el día, y se dio una panzada de frutas maduras.

Pero se requiere tiempo para construir una balsa, incluso cuando uno es trabajador e incansable como el Leñador de Hojalata y, cuando la noche hubo caído, el trabajo no había terminado. Por lo que hallaron un lugar acogedor bajo los árboles en donde dormir hasta que la mañana repuntara y Dorothy soñó con la Ciudad Esmeralda y con el bondadoso mago de Oz, quien pronto la enviaría de vuelta a su hogar.

Nuestro grupito de caminantes se despertó a la mañana siguiente renovado y lleno de esperanzas, y Dorothy desayunó como una princesa duraznos y ciruelas de los árboles junto al río. A sus espaldas se levantaba el bosque tenebroso que habían atravesado para bien, a pesar de haber sufrido varios obstáculos, pero ante ellos se extendían unas tierras adorables y bañadas por el sol, que parecían guiarlos hacia la Ciudad Esmeralda.

Cierto, el río ancho los separaba de estas tierras preciosas. No obstante, la balsa estaba casi terminada y, luego de que el Leñador de Hojalata hubiera cortado unos troncos más y los hubiera unido con ganchos de madera, estuvieron listos para zarpar. Dorothy se sentó en el centro de la balsa y sujetó a Toto en los brazos. Cuando el León Cobarde se subió a la balsa, se ladeó mucho porque era grande y pesado; pero el Espantapájaros y el Leñador de Hojalata se pararon del otro lado para contrabalancear y tenían una pértiga en la mano para empujar la balsa por el agua.

Al principio, todo iba bastante bien, pero cuando llegaron al medio del río, la correntada se llevó la balsa río abajo y los alejó cada vez más y más del camino de adoquines amarillos. El río se volvió tan profundo que las pértigas no tocaban el fondo.

—Esto no es bueno —dijo el Leñador de Hojalata—, pues si no atracamos, el agua nos llevará al país de la Bruja Malvada del Oeste, quien nos maldecirá y esclavizará.

—Y entonces no tendré sesos —se lamentó el Espantapájaros.

—Ni yo coraje —agregó el León Cobarde.

—Ni yo corazón —añadió el Leñador de Hojalata.

—Ni yo volveré a Kansas —concluyó Dorothy.

—Debemos llegar sí o sí a la Ciudad Esmeralda si podemos —prosiguió el Espantapájaros y empujó la pértiga contra el suelo con tanta fuerza que se atascó en el barro del lecho del río. Luego, antes de que pudiera sacarla de vuelta, o soltarla, la balsa se alejó a toda velocidad, y el pobre Espantapájaros se quedó aferrado a la pértiga en medio del río.

—¡Adiós! —se despidió él y sus amigos se apenaron mucho por abandonarlo. De hecho, el Leñador de Hojalata se largó a llorar, pero por suerte recordó que podría oxidarse, así que se secó las lágrimas en el delantal de Dorothy.

Por supuesto, esto era algo malo para el Espantapájaros.

«Ahora estoy peor que cuando conocí a Dorothy», pensó él. «En ese entonces, estaba en un palo en un campo de maíz, donde por lo menos podía pretender espantar los cuervos. Pero de seguro no sirve de nada un Espantapájaros en un palo en medio del río. ¡Lamentablemente, no tendré ningún seso después de todo!».

Aguas abajo la balsa iba flotando y el pobre Espantapájaros había quedado muy atrás. Propuso entonces el León:

—Hay que hacer algo si queremos salvarnos. Creo que puedo nadar hasta la orilla y remolcar la balsa si me sujetan con fuerza de la cola.

De modo que saltó al agua y el Leñador de Hojalata se aferró con fuerza de la cola. Entonces el León empezó a nadar con brío hacia la orilla. Fue trabajo duro, a pesar de ser tan grande, pero poco a poco salieron de la corriente y luego Dorothy tomó la pértiga del Leñador de Hojalata y ayudó a empujar la balsa hasta tierra firme.

Estaban todos agotados cuando por fin alcanzaron la orilla, se bajaron y pusieron los pies sobre los lindos pastos verdes; también sabían que la corriente los había alejado un buen trecho del camino de adoquines amarillos que conducía a la Ciudad Esmeralda.

—¿Qué iremos a hacer ahora? —preguntó el Leñador de Hojalata mientras el León se acostaba en el suelo para secarse al sol.

—Debemos volver de alguna manera al camino —repuso Dorothy.

—El mejor plan será caminar por la ribera hasta que volvamos al camino —comentó el León.

Así que, cuando hubieron descansado, Dorothy tomó la canasta y empezaron a caminar por la orilla verdosa hasta el camino del cual la corriente los había alejado. Eran unas tierras adorables, donde las flores, árboles frutales y luz del sol abundaban y les levantaban los ánimos y, si no se hubiesen sentido tan apenados por el pobre Espantapájaros, se habrían sentido muy felices.

Caminaban tan rápido como podían y Dorothy se detuvo solo una vez para recoger una flor preciosa y, pasado un tiempo, el Leñador de Hojalata exclamó: «¡Miren!».

Todos miraron hacia el río y vieron al Espantapájaros aferrado a su pértiga en medio del agua y con apariencia triste y solitaria.

—¿Qué podemos hacer para rescatarlo? —preguntó Dorothy.

Tanto el León como el Leñador negaron con la cabeza porque

no sabían. Así que se sentaron en la orilla y observaron con melancolía al Espantapájaros hasta que una cigüeña que pasaba volando, al verlos, se detuvo a descansar al borde del agua.

—¿Quiénes son y a dónde van? —preguntó la Cigüeña.

—Me llamo Dorothy —contestó la niña— y ellos son mis amigos: el Leñador de Hojalata y el León Cobarde. Vamos de camino a la Ciudad Esmeralda.

—Este no es el camino —aclaró la Cigüeña retorciendo el cuello largo y viendo con sospechas al exótico grupo.

—Lo sé —repuso Dorothy—, pero nos separamos del Espantapájaros y nos preguntamos cómo recuperarlo de vuelta.

—¿Dónde está? —inquirió la cigüeña.

—Allí en el río —contestó la niña.

—Si no fuese tan grande y pesado, lo recogería por ustedes —comentó la Cigüeña.

—No es para nada pesado —explicó Dorothy emocionada— porque está relleno de paja y, si nos lo trajera de vuelta, le estaríamos muy agradecidos para siempre.

—Bueno, lo intentaré —aceptó la Cigüeña—, pero si siento que es muy pesado para llevar, tendré que dejarlo de nuevo en el río.

De este modo, la gran ave se elevó por los aires, sobre el agua, hasta donde el Espantapájaros se aferraba a la pértiga. Entonces, la Cigüeña con las garras grandes asió al Espantapájaros del brazo y se lo llevó por el aire de vuelta a la orilla, donde Dorothy y el León y el Leñador de Hojalata estaban sentados.

Cuando el Espantapájaros se hubo encontrado entre sus amigos de vuelta, se alegró tanto que los abrazó a todos, incluso al León y a Toto y, mientras caminaban, iba cantando «tra-la-li-la-la» a cada paso que daba y se sentía muy feliz.

—Temía quedarme para siempre en el río —comentó él—, pero la Cigüeña simpática me salvó y, si alguna vez consigo algún seso, la buscaré de nuevo y le devolveré el favor con alguna bondad.

—No hace falta —aclaró la Cigüeña, quien volaba junto a ellos—. Siempre me gusta ayudar a quienes están en apuros. Pero debo irme ahora porque mis polluelos me esperan en el nido. Ojalá encuentren la Ciudad Esmeralda y Oz los ayude.

—Gracias —agradeció Dorothy y la Cigüeña simpática se alejó volando por los aires hasta perderse de vista.

Caminando, escuchaban los cantos coloridos de las aves brillantes y observaban las flores preciosas que crecían tan apiñadas que vestían el suelo. Se esparcían grandes capullos amarillos y blancos y azules y violetas, junto a colchones de amapolas escarlatas, cuyo color era tan intenso que por poco le aturdían la vista a Dorothy.

—¿No son hermosas? —preguntó la niña mientras aspiraba el aroma embriagador de la flor brillante.

—Calculo que sí —respondió el Espantapájaros—. Cuando tenga sesos, es probable que me gusten más.

—Si tan solo tuviera corazón, podría amarlas —agregó el Leñador de Hojalata.

—Siempre me gustaron las flores —añadió el León—. Se ven tan indefensas y delicadas. Pero no hay ninguna en el bosque tan brillante como estas.

Se iban topando con más y más de las grandes amapolas escarlatas y menos y menos de las otras flores; pronto, se encontraron en medio de un prado extenso de amapolas. Ahora bien, es bien sabido que cuando hay muchas de estas flores juntas, su perfume se vuelve tan poderoso que quienquiera que lo inhale cae rendido ante el sueño y, si no sacan el cuerpo del perfume de las flores, dormirá por y para siempre. Dorothy no lo sabía, empero, y no pudo escapar de las brillantes amapolas escarlatas que estaba en rededor; así que, en muy poco tiempo, los párpados empezaron a pesarle y sintió que debía sentarse a descansar y dormir.

No obstante, el Leñador de Hojalata no se lo permitió.

—Apurémonos y volvamos al camino de adoquines amarillos antes de que oscurezca —urgió, y el Espantapájaros estuvo de acuerdo con él. De modo que siguieron caminando hasta que Dorothy no pudo mantenerse en pie. Se le cerraron los ojos contra su voluntad, y se olvidó de dónde estaba y cayó entre las amapolas, dormida como una marmota.

—¿Qué haremos? —preguntó el Leñador de Hojalata.

—Si la abandonamos aquí, morirá —advirtió el León—. El olor de las amapolas nos está matando. A penas puedo mantener los ojos abiertos y el perro ya se durmió.

Era cierto; Toto había colapsado junto a su pequeña dueña. No obstante, como el Espantapájaros y el Leñador de Hojalata no eran de carne, el perfume de las amapolas no les afectaba.

—Huye rápido —le ordenó el Espantapájaros al León— y escapa de este colchón mortal de flores tan pronto como puedas. Nos llevaremos a la niña con nosotros, pero si te quedas dormido, serás muy grande como para poder ser llevado.

Así que el León se espabiló y se forzó a avanzar dando saltos tan rápido como pudo. Pronto, salió del campo de visión.

—Hagamos una silla con los brazos y la llevemos —propuso el Espantapájaros. Entonces levantaron a Toto y lo pusieron sobre la falda de Dorothy, y luego hicieron una silla, con las manos de asiento y los brazos de apoyabrazos, y se llevaron entre los dos a la niña durmiente a través de las flores.

Caminaron y siguieron caminando y parecía como si las flores mortales que vestían el suelo que los rodeaba no se acabarían nunca. Siguieron el meandro del río y, después de un tiempo, se toparon con su amigo el León, acostado y dormido entre las amapolas. Las flores habían sido demasiado fuertes para la bestia enorme, quien terminó rindiéndose; había caído muy cerca del linde del campo de amapolas, donde el césped esponjoso se extendía en prados verdes ante ellos.

—No hay nada que podemos hacer por él —se lamentó el Leñador de Hojalata—, pues es muy pesado para levantar. Debemos dejarlo dormir para siempre y capaz sueñe que al fin consiguió coraje.

—Lo siento —se apenó el Espantapájaros—. Para ser tan cobarde, era muy buen compañero. Pero sigamos.

Se llevaron a la niña durmiente a un lugarcito agradable junto al río, alejado lo suficiente del campo de amapolas para evitar que siguiera respirando el perfume venenoso, y allí la dejaron con delicadeza sobre los pastos verdes y esperaron que el aire fresco la despertara.

—Ya no debemos de estar lejos del camino de adoquines amarillos —calculó el Espantapájaros, parado al lado de la niña—, porque ya hemos recorrido casi cuanto el río nos arrastró.

El Leñador de Hojalata estaba a punto de responder, cuando escuchó un gruñido bajo y, al voltear la cabeza (que funcionaba de maravillas con los quicios), vio una fiera extraña acercándose a los brincos por entre los pastos. En efecto, era un gran gato montés amarillo y el Leñador supuso que estaba cazando algo, pues tenía las orejas plegadas contra la cabeza, las fauces abiertas en las que revelaba dos hileras de dientes horrendos mientras que los ojos le refulgían rojos como bolas de fuego. A medida que se acercaba, el Leñador de Hojalata vio que de la fiera huía una ratoncita de campo gris y, a pesar de su falta de corazón, sabía que estaba mal que el gato montés intentara asesinar a una criatura tan bella e inofensiva.

De modo que el Leñador alzó el hacha y, cuando el gato pasaba junto a él, le asestó un golpe rápido, con el que le separó a la fiera la cabeza del cuerpo y ambas partes rodaron a los pies.

La ratona de campo, ahora librada de su enemigo, se detuvo en seco; se acercó lento al Leñador y le agradeció con una vocecita chillona:

—Ay, ¡muchísimas gracias! Gracias por salvarme la vida.

—No es nada, de veras —le repuso el Leñador—. Verás, no tengo corazón, así que me tomo el trabajo de ayudar a quienquiera que pueda necesitar un amigo, incluso a una simple ratoncita.

—¡Una simple ratoncita! —se indignó la ratoncita—. Pero, si soy una reina, ¡la reina de todos los ratones de campo!

—Oh, por supuesto —comprendió el Leñador e hizo una reverencia.

—Por ende, realizó una obra grandiosa, y valerosa también, al salvarme la vida —prosiguió la reina.

En ese instante, se vieron muchos ratones corriendo a toda la velocidad que las piernitas les permitían y, al mirar a su reina, exclamaron:

—Oh, Su Majestad, ¡le creíamos asesinada! ¿Cómo logró escapar del gran gato montés? —Todos hicieron una reverencia tan profunda para la reina que casi estaban parados sobre la cabeza.

—Este agradable hombre de hojalata —respondió la reina— decapitó al gato montés y me salvó la vida. Por consiguiente, de aquí en adelante deben servirle y obedecer su más mínimo deseo.

—¡Así haremos! —aclamaron todos los ratones en un coro chillón. Luego huyeron en todas direcciones porque Toto se había despertado de su sueño y, al ver a todos estos ratones en rededor de él, ladró deleitado y saltó justo al centro del séquito. A Toto siempre le había encantado perseguir ratones cuando vivía en Kansas y no le parecía que causara ningún daño.

El Leñador de Hojalata, empero, atrapó a Toto con los brazos y lo sujetó con fuerza mientras llamaba a los ratones: «¡Vuelvan!, ¡vuelvan! Toto no les hará ningún daño».

Al oírlo, la reina ratona asomó la cabeza desde un montón de césped y preguntó con voz temerosa: «¿Está seguro de que no nos devorará?».

—No se lo permitiré —la tranquilizó el Leñador de Hojalata—, así que no teman.

Uno a uno los ratones volvieron arrastrándose y Toto no ladró de nuevo, aunque intentó zafarse de los brazos del Leñador y le habría mordido si no hubiera sabido de primera mano que estaba hecho de hojalata. Por fin, uno de los ratones más grandes habló.

—¿Hay algo que podamos hacer —preguntó el ratón— para corresponderle el haber salvado la vida de nuestra reina?

—No que yo sepa —le contestó el Leñador. Sin embargo, el Espantapájaros, quien había estado intentando pensar, pero no podía hacerlo porque tenía la cabeza rellena de paja, dijo de pronto: «Oh, sí; pueden salvar a nuestro amigo, el León Cobarde, quien duerme en el campo de amapolas».

—¡Un león! —exclamó la reinita—. Pero ¡nos devorará a todos!

—Oh, no —la calmó el Espantapájaros—, este león es cobarde.

—¿De veras? —preguntó el ratón.

—Él mismo lo asegura —replicó el Espantapájaros— y no lastimaría a ninguno de nuestros amigos. Si nos ayudan a salvarlo, les aseguro que los tratará con bondad.

—Muy bien —aceptó la reina—, confiamos en ustedes. Pero ¿qué haremos?

—¿Son muchos los ratones sobre los que reina y que están dispuestos a obedecerle?

—Oh, sí. Son miles —le respondió la reina.

—Entonces convóquelos a todos para que vengan cuan pronto

sea posible y que cada uno traiga un cordel largo.

La reina se volvió hacia los ratones que la guardaban y les ordenó que se fueran en ese instante a buscar a todos sus súbditos. En cuanto hubieron oído las órdenes, se dispersaron corriendo en todas las direcciones tan rápido como fue posible.

—Ahora —le pidió el Espantapájaros al Leñador de Hojalata—, debes ir hacia aquellos árboles a la vera del río y hacer una carreta que cargue al León.

Así que el Leñador se fue de inmediato hacia los árboles y se puso hachazos a la obra; pronto hubo construido una carreta con las extremidades de los árboles, a los que les sacó las hojas y las ramas. Unió todo con ganchos de madera y talló las cuatro ruedas con unas rodajas chicas del tronco de un árbol grande. Tan presto y bien trabajó que, para el momento en el que los ratones empezaron a volver, la carreta ya estaba lista para ellos.

Llegaban de todas las direcciones y de a miles: ratones enormes, ratones diminutos y ratones medianos; y cada uno de ellos cargaba en la boca la porción de un cordel. Fue alrededor de estos momentos cuando Dorothy se despertó de su sueño largo y abrió los ojos. Su desconcierto fue enorme cuando descubrió que estaba acostada en el verde y con miles de ratones rodeándola y mirándola tímidos. El Espantapájaros, empero, le explicó todo y, volviéndose hacia la ratoncita dignificada, la introdujo:

—Déjame presentarte a Su Majestad, la reina.

Dorothy asintió seria y la reina hizo una reverencia, después de la cual se volvió bastante amigable con la niña.

Luego, el Espantapájaros y el Leñador se pusieron a enganchar a los ratones a la carreta usando los cordeles que trajeron. Ataron el extremo de cada cordel al cuello de un ratón y los otros extremos a la carreta. Por supuesto que la carreta era mil veces más grande que cualquier de los ratones que iban a tirar de ella, pero una vez que hubieron atado las riendas de todos los ratones, pudieron tirar de ella con bastante facilidad. Hasta el Espantapájaros y el Leñador de Hojalata pudieron sentarse en ella y se desplazaron tirados por sus extraños corcelitos hasta donde el León yacía dormido.

Después de mucho trabajo arduo, ya que el León era pesado, lograron cargarlo a la carreta. Luego, la reina se apuró a ordenarle a sus súbditos que tiraran porque temía que, si los ratones permanecían entre las amapolas por mucho tiempo, también caerían dormidos.

Al principio, las criaturitas, pese a ser numerosas, apenas podían tirar del gran peso de la carreta cargada, pero tanto el Leñador como el Espantapájaros empujaron de atrás y avanzaron mejor. Pronto, la carreta se movió, sacaron al León del campo de amapolas y entraron en los campos verdes, donde podía respirar el dulce aire fresco de nuevo, en vez del veneno perfumado de las amapolas.

Dorothy salió a su encuentro y les agradeció de manera afectuosa a los ratoncitos por salvar a su amigo de la muerte. Había llegado a querer tanto al gran León que estaba agradecida porque lo hubieran rescatado.

Después desataron a los ratones de la carreta y se esparcieron por el campo hacia sus hogares. La última en irse fue la reina ratona.

—Si alguna vez nos necesitan de nuevo —dijo la reina—, salgan al campo y llámennos; los oiremos y saldremos a ayudarlos. ¡Adiós!

—¡Adiós! —se despidieron todos y la reina se alejó corriendo, mientras Dorothy sostenía con fuerzas a Toto en caso de que la persiguiera y asustara.

Luego se sentaron junto al León hasta que se despertara y el Espantapájaros le llevó a Dorothy algunas frutas de un árbol cercano, las cuales cenó.

Pasó un tiempo antes de que el León Cobarde se despertara porque había estado acostado entre las amapolas respirando su fragancia letal por un tiempo largo. Sin embargo, cuando abrió los ojos y se bajó rodando de la carreta, estuvo complacido de ver que seguía vivo.

—Corrí tan rápido como pude —narró sentándose y bostezando—, pero las flores fueron demasiado fuertes para mí. ¿Cómo me sacaron?

De modo que le contaron la historia de los ratones del campo y cómo le salvaron generosamente la vida; el León Cobarde se rio y dijo:

—Siempre me consideré muy grande y temible; aun así, algo tan chico como unas flores casi acaban conmigo y unos animales tan chicos como unos ratones me salvaron la vida. ¡Cuán extraño es todo! Pero, compañeros, ¿qué haremos ahora?

—Debemos seguir el viaje hasta que demos de vuelta con el camino de adoquines amarillos —respondió Dorothy— y luego podremos seguir hasta la Ciudad Esmeralda.

Así que, estando el León renovado por completo y habiendo recobrado el ánimo, emprendieron de vuelta el viaje y disfrutaron en gran medida la caminata a través de los agradables pastos suaves. No pasó mucho tiempo antes de que llegaran al camino de adoquines amarillos y enfilaran de vuelta hacia la Ciudad Esmeralda, donde habitaba Oz el Grande.

Ahora el camino era llevadero y bien adoquinado y las tierras alrededor eran hermosas; así que los caminantes se regocijaron por haber dejado atrás el bosque y los muchos peligros que encontraron en las sombras tenebrosas. Una vez más podían ver vallas construidas a los costados del camino, pero estaban pintadas de verde y, cuando llegaron a una casita en donde estaba claro que vivía un granjero, también estaba pintada de verde. Pasaron por varias de estas casas durante la tarde; a veces salía gente por la puerta y los veía como si quisiera hacerles preguntas; pero nadie se les acercó ni les preguntó nada debido al gran León, a quien le tenían pavor. Todos vestían prendas de un adorable verde esmeralda y usaban sombreros puntiagudos como los de los munchkins.

—Este debe de ser el país de Oz —supuso Dorothy— y de seguro nos estamos acercando a la Ciudad Esmeralda.

—Sí —agregó el Espantapájaros—. Todo aquí es verde; mientras que, en el país de los munchkins, el azul era el color predilecto. Pero las personas no parecen tan amigables como los munchkins y temo que no encontremos un lugar en donde pasar la noche.

—Me gustaría comer algo más, aparte de frutas —indicó la niña— y estoy segura de que Toto está casi famélico. Paremos en la siguiente casa y hablemos con las personas.

Así que, cuando llegaron a una casa de buen tamaño, Dorothy se acercó valiente y tocó la puerta.

Una mujer la abrió a penas lo suficiente como para mirar afuera y preguntó: «¿Qué quieres, niña, y por qué te acompaña ese León enorme?».

—Quisiéramos pasar la noche con usted si nos lo permite —contestó Dorothy—, y el León es mi amigo y compañero y no la lastimará por nada en el mundo.

—¿Está domesticado? —preguntó la mujer abriendo un poco más la puerta.

—Oh, sí —respondió la niña—, y también es cobardón. Estará él más asustado de usted que usted de él.

—De acuerdo —aceptó la mujer habiéndolo pensado y echado otro vistazo al León—, si es así, pueden entran y les daré algo para comer y un lugar donde dormir.

Así pues, entraron todos al hogar, donde, aparte de la mujer, había dos niños y un hombre. El hombre se había lastimado la pierna y estaba sentado en un sillón en la esquina. Parecían muy sorprendidos al ver un grupo tan extraño y, mientras la mujer estaba ocupada poniendo la mesa, el hombre preguntó:

—¿A dónde van?

—A la Ciudad Esmeralda —contestó Dorothy— para ver a Oz el Grande.

—¡Oh, vaya! —exclamó el hombre— ¿Están seguros de que Oz los verá?

—¿Por qué no? —le contestó la niña.

—Bueno, se dice que nunca deja que nadie se le presente. Estuve en la Ciudad Esmeralda muchas veces y es una ciudad hermosa e increíble, pero nunca me permitieron ver a Oz el Grande ni sé de ninguna persona viva que lo haya visto.

—¿No sale nunca? —preguntó el Espantapájaros.

—Nunca. Está sentado en el gran salón del trono de su palacio e incluso quienes esperaron para verlo no lo vieron cara a cara.

—¿Cómo luce? —preguntó la niña.

—Es difícil de describir —aclaró el hombre pensativo—. Verás, Oz es un gran mago y puede adoptar la forma que quiera. Tanto es así que algunos dicen que luce como un ave; otros, como un elefante; otros más, como un gato. A otras personas se les mostró como un hada hermosa, un *brownie* o cualquier otra forma que le plazca adoptar. Pero ¿quién es el verdadero Oz cuando adopta su propia forma? Ningún ser vivo puede responderlo.

—¡Qué raro! —exclamó Dorothy—, pero debemos intentar de alguna manera conseguir una audiencia con él; si no, habremos viajado en vano.

—¿Por qué desean ver a Oz el Terrible? —quiso saber el hombre.

—Quiero que me dé sesos —aclaró deseoso el Espantapájaros.

—Bah, Oz puede concedértelo con mucha facilidad —aseguró el hombre—. Tiene más cerebros de los que necesita.

—Y yo quiero que me dé un corazón —agregó el Leñador de Hojalata.

—No le supondrá ningún problema —prosiguió el hombre—, pues Oz guarda una colección enorme de corazones de todas las formas y colores.

—Y yo quiero que me dé coraje —añadió el León Cobarde.

—Oz guarda un frasco grande de coraje en el salón del trono —explicó el hombre—, cubierto con una tapa de oro para evitar que se eche a perder. Con gusto te dará un poco.

—Y yo quiero que me lleve de vuelta a Kansas —concluyó Dorothy.

—¿Dónde queda Kansas? —preguntó sorprendido el hombre.

—No sé —contestó afligida Dorothy—, pero es mi hogar y estoy segura de que está en algún lugar.

—Es muy probable. Bueno, Oz puede hacer cualquier cosa; así que calculo que podrá encontrar Kansas para ti. Pero primero deben conseguir verlo y será una tarea difícil, pues al gran mago no le gusta ver a nadie y se maneja a su modo. Y dime: ¿qué quieres TÚ? —prosiguió hablándole a Toto. Toto se limitó a menear la cola porque, por extraño que suene, no podía hablar.

La mujer ahora les avisaba que la comida estaba lista, así que se sentaron alrededor de la mesa y Dorothy cenó unas gachas de avena deliciosas y un plato de huevos revueltos y un plato de pan blanco tierno, y disfrutó de la cena. El León comió algo de las gachas, pero no le gustaron y se justificó diciendo que estaban hechas con avena y que la avena era comida para caballos, no para leones. Ni el Espantapájaros ni el Leñador de Hojalata comieron. Toto comió de todo un poco y estuvo complacido de volver a tener una buena comida.

Acto seguido, la mujer le ofreció a Dorothy una cama para dormir y Toto se acostó junto a ella, mientras el León guardaba la puerta para que no la molestaran. El Espantapájaros y el Leñador de Hojalata se quedaron parados en una esquina y guardaron silencio toda la noche; aunque, por supuesto, no podían dormir.

A la mañana siguiente, en cuanto el sol hubo salido, emprendieron camino y pronto vieron un precioso fulgor verde en el cielo frente a ellos.

—Debe ser la Ciudad Esmeralda —supuso Dorothy.

A medida que caminaban, el verdor se abrillantó más y más y parecía que por fin se acercaban al final de sus peripecias. Igual, llegó el atardecer antes de que alcanzaran los muros extensos que rodeaban la ciudad. Eran altos, gruesos y de un verde brillante.

Frente a ellos, al final del camino de adoquines amarillos, se levantaba una gran puerta engarzada con esmeraldas que brillaban con tanto fulgor bajo el sol que hasta los ojos de pintura del Espantapájaros se encandilaron por la brillantez.

Había junto a la puerta un timbre; Dorothy lo presionó y escuchó detrás unas campanadas metálicas. Luego, la gran puerta se abrió lentamente; la atravesaron y entraron en una habitación arqueada elevada, cuyos muros brillaban con innumerables esmeraldas.

Ante ellos, estaba parado un hombrecito de más o menos el mismo tamaño que los munchkins. Vestía verde de pies a cabeza y hasta la piel era de un tono verdoso. Al costado había una caja verde grande.

Al ver a Dorothy y sus compañeros, el hombre preguntó: «¿Qué los trae a la Ciudad Esmeralda?».

—Vinimos a ver a Oz el Grande —repuso Dorothy.

La respuesta sorprendió tanto al hombre que se sentó a pensar.

—Han pasado muchos años desde que alguien me pidió ver a Oz —dijo perplejo con la cabeza temblando—. Es poderoso y terrible y, si interfieren sus reflexiones sabias con pedidos vagos o mundanos, podría enojarse y destruirlos en un instante.

—Pero el nuestro no es un pedido ni vago ni mundano —repuso el Espantapájaros—, sino que importante. Y nos dijeron que Oz es un mago bueno.

—Así es —confirmó el hombre verde— y su gobierno sobre la Ciudad Esmeralda es sabio y bueno. Pero con quienes son deshonestos o se acercan por curiosidad, es de lo más terrible y pocos se atrevieron a siquiera verle la cara. Soy el guardián de la puerta y, dado que exigen ver a Oz el Grande, debo llevarlos a su palacio. Pero primero, deben ponerse los anteojos.

—¿Por qué? —preguntó Dorothy.

—Porque, si no usan anteojos, el brillo y gloria de la Ciudad Esmeralda los enceguecerá. Hasta los habitantes de la ciudad deben usar los anteojos día y noche. Todos se traban porque así lo ordenó Oz cuando construyó la ciudad y solo yo tengo la llave para destrabarlos.

Abrió la gran caja y Dorothy vio que estaba llena de anteojos de todas las formas y tamaños. Todos tenían la lente verde. El guardián de la puerta encontró un par que le quedaron a la perfección a Dorothy y se los puso sobre los ojos. Tenían atados dos cadenas doradas que pasaban por detrás de la cabeza, donde se trababan con una llavecita que colgaba de la cadena que el guardián de la puerta tenía en el cuello. Cuando los tuvo puestos, Dorothy no se los hubiera podido sacar incluso si lo hubiera deseado, pero, por supuesto, no quería quedar ciega por el fulgor de la Ciudad Esmeralda, así que no dijo nada.

Luego el hombre les colocó los anteojos al Espantapájaros, al Leñador de Hojalata y al León, e incluso a Toto, y los trabó con llave.

Luego, el guardián de la puerta se puso sus anteojos y les avisó que estaba listo para llevarlos al palacio. Con una gran llave dorada que colgaba de un gancho en la pared, abrió otra puerta y lo siguieron por el vano hacia las calles de la Ciudad Esmeralda.

# CAPÍTULO XI — LA MARAVILLOSA CIUDAD DE OZ

A pesar de la protección que los anteojos les ofrecían, el brillo de la maravillosa ciudad les deslumbró los ojos a Dorothy y a sus amigos al princípio. A los lados de la calle, se levantaban casas hermosas de mármol verde y con esmeraldas relucientes incrustadas por todas partes. Caminaron por una acera del mismo mármol verdoso y, en donde las losas se encontraban, había hileras de esmeraldas engarzadas juntas que brillaban bajo la luz del sol. Los cristales de las ventanas eran verdes; incluso el cielo sobre la ciudad estaba teñido con un tinte verde y los rayos del sol eran verdes.

Había muchas personas, hombres, mujeres y niños caminando y todos vestían atuendos verdes y tenían la tez verdosa. Los ojos extrañados se posaban sobre Dorothy y sus compañeros variopintos, y los niños salían corriendo y se escondían detrás de sus madres cuando veían al León, pero nadie les dirigía la palabra. Había muchas tiendas en la calle y Dorothy vio que todo lo que vendían era verde. Verdes eran las golosinas y verdes eran las palomitas de maíz que se vendían; como así también zapatos verdes, sombreros verdes y prendas verdes de todos los tipos. En un sitio había un hombre vendiendo limonada verde y, cuando compraban, Dorothy vio que los niños le pagaban con monedas verdes.

Parecía no haber ni caballos ni ningún tipo de animal; las personas cargaban las cosas en pequeñas carretillas verdes, las cuales empujaban. Todos se veían felices, satisfechos y prósperos.

El guardián de la puerta los guio entre las calles hasta que llegaron a un edificio grande en el centro exacto de la ciudad, que era el palacio de Oz, el Gran Mago. Un soldado vestido con uniforme verde y con una larga barba verde guardaba la puerta.

—Vengo con extranjeros —le comunicó el guardián de la puerta— y solicitan ver a Oz el Grande.

—Entren —ordenó el soldado— y le daré su mensaje.

Así que pasaron por las puertas grandes del palacio y entraron a un salón enorme con una alfombra verde y muebles preciosos con esmeraldas incrustadas. El guardia les hizo limpiarse los pies sobre una alfombrita verde antes de entrar al salón y, cuando se hubieron sentado, les explicó con amabilidad:

—Pónganse cómodos mientras voy a la puerta del salón del trono y le comunico a Oz que están acá.

Tuvieron que esperar por un buen tiempo antes de que el soldado volviera. Cuando por fin volvió, Dorothy preguntó:

—¿Vio a Oz?

—Oh, no —repuso el soldado—, nunca lo vi. Pero hablé con él mientras estaba sentado detrás de su pantalla y le comuniqué su mensaje. Dijo que les concedería una audiencia si así lo desean, pero deben presentarse ante él solos y recibirá solo a uno por día. De modo que, como deberán permanecer en el palacio por varios días, tendré que guiarlos a las habitaciones en donde descansarán cómodos de su viaje.

—Gracias —contestó la niña—, es muy amable de su parte.

El soldado pitó un silbato verde y de inmediato una niña joven con un vestido de seda verde entró en la sala. Tenía el cabello de un verde tierno y los ojos verdes y, mientras le hacía una gran reverencia a Dorothy, ordenó: «Sígame y la llevaré a sus aposentos».

De modo que Dorothy se despidió de todos sus amigos, salvo de Toto, y alzándolo en brazos, siguió a la niña verde por siete pasadizos y tres escaleras hasta que llegaron a una habitación en el frente del palacio. Era la habitación más encantadora en el mundo, con una cama suave y cómoda, ensabanada de seda verde y cubierta de terciopelo verde. Había una fuente en medio de la habitación, de donde un perfume verde se elevaba por el aire y caía sobre un lavamanos de un hermoso mármol verde esculpido. Unas flores verdes hermosas decoraban las ventanas y había un estante cargado con una hilera de libritos verdes. Cuando Dorothy tuvo tiempo para abrir los libros, vio que estaban llenos de extraños dibujos verdes que le dieron risa por ser tan graciosos.

En un armario, se guardaban muchos vestidos verdes, hechos de seda y de satén y de terciopelo, y todos le quedaban a Dorothy a la perfección.

—Siéntase como en casa —le dijo la niña verde— y, si desea algo, toque la campana. Oz llamará por usted mañana a la mañana.

Dejó a Dorothy sola y volvió por los demás. También los guio a sus habitaciones y cada uno de ellos terminó hospedado en una parte muy agradable del palacio. Claro, fue un desperdicio de cortesía en el Espantapájaros; porque, al encontrarse solo en su habitación, se quedó parado como tonto en un solo lugar, justo en medio de la puerta, esperando a que la mañana llegara. Si se hubiera recostado, no hubiera descansado, y no podía cerrar los ojos; así que se pasó toda la noche viendo una arañita tejer su telaraña en una de las esquinas de la habitación, como si no estuviera en una de las habitaciones más maravillosas del mundo. El Leñador de Hojalata se recostó en la cama por fuerza de la costumbre, porque lo recordaba de cuando era de carne y hueso; pero, incapaz de dormir, se pasó toda la noche moviendo las articulaciones de un lado al otro para cerciorarse de que funcionaran bien. El León hubiese preferido una cama de hojarasca en el bosque y no le gustaba estar encerrado en una habitación, pero era demasiado sensato como para que esto lo preocupara, así que de un brinco se subió a la cama, se acurrucó como un gato y ronroneando se durmió en un minuto.

A la mañana siguiente, después del desayuno, la criada verde fue a buscar a Dorothy, a quien vistió con uno de los vestidos más hermosos, hecho de satén brocado. Dorothy se puso un delantal de seda verde y ató un moño verde alrededor del cuello de Toto, y se dirigieron al salón del trono de Oz el Grande.

Primero llegaron a un salón en donde había muchas damas y caballeros de la corte, ataviados en ropajes suntuosos. No tenían nada que hacer, salvo hablar entre ellos, pero cada mañana venían a esperar fuera del salón del trono, a pesar de que nunca obtuvieron el permiso de ver a Oz. A la vez que Dorothy entraba, la examinaron con ojos curiosos y uno murmuró:

—¿En serio verás a Oz el Terrible a la cara?

—Por supuesto —respondió la niña—, si me lo permite.

—Oh, sí que te lo permitirá —aclaró el soldado que le había comunicado el mensaje al mago—, aunque no le gusta que pidan verlo. De hecho, primero se enojó y dijo que te envíe de vuelta al lugar de donde viniste. Luego preguntó por tu apariencia y, cuando mencioné tus zapatos plateados, se interesó bastante. Por último, le mencioné tu marca en la frente y decidió que te concedería una audiencia.

Justo entonces sonó una campana y la niña verde le dijo a Dorothy: «Es la señal. Debes entrar sola al salón del trono».

La niña abrió una puertita, Dorothy entró con valentía y se encontró con una habitación maravillosa. El salón era grande, circular, con el techo elevado y arqueado y tanto las paredes como el techo estaban decorados con enormes esmeraldas engarzadas juntas. En el centro del techo refulgía una gran luz, brillante como el sol, con la que las esmeraldas centellaban de maravilla.

No obstante, lo que más atrajo la atención de Dorothy fue el gran trono de mármol verde ubicado en el centro del salón. Tenía la forma de una silla y relucía con gemas, al igual que todo lo demás en el salón. Sobre el centro de la silla flotaba una cabeza gigantesca, sin cuerpo, ni brazos, ni piernas, ni nada que la sostuviera. No le crecía ni un pelo a la cabeza, pero tenía ojos, nariz y boca, y era mucho más grande que la cabeza del más gigantesco de los gigantes.

Mientras Dorothy la contemplaba sumida en la maravilla y el temor; los ojos giraron lentamente y le dirigieron una mirada penetrante y constante. La boca se movió y oyó una voz anunciar:

—Soy Oz, el Grande y Terrible. ¿Quién eres y por qué me buscas?

La voz no era tan terrible como hubiera esperado que una cabeza tan grande emitiera; así que se armó de coraje y repuso:

—Soy Dorothy, la Pequeña e Inofensiva. Acudo a usted en busca de ayuda.

Los ojos pensativos se posaron en ella por un minuto entero. Acto seguido, la voz le preguntó:

—¿En dónde conseguiste esos zapatos plateados?

—De la Bruja Malvada del Este, luego de que mi casa la aplastara y asesinara —respondió la niña.

—¿En dónde conseguiste esa marca en la frente? —prosiguió la voz.

—Allí es donde me besó la Bruja Buena del Norte cuando se despidió de mí y me mandó por usted —contestó la niña.

Los ojos le dedicaron otra mirada penetrante y vieron que decía la verdad. Luego, Oz preguntó: «¿Qué deseas que haga?».

—Enviarme de vuelta a Kansas, donde mi tía Em y tío Henry viven —respondió deseosa—. No me gusta su reino, a pesar de ser tan hermoso. Y estoy segura de que la tía Em estará muy preocupada por mi ausencia tan prolongada.

Parpadearon tres veces los ojos, vieron el techo y luego el suelo; después giraron en círculos de manera tan extraña que parecieron escanear cada parte del salón. Por fin, volvieron hacia Dorothy.

—¿Por qué habría de hacerlo? —preguntó Oz.

—Porque usted es fuerte; y yo, débil. Porque es un gran mago y yo tan solo una niñita.

—Pero tuviste las fuerzas para acabar con la Bruja Malvada del Este —dijo Oz.

—Fue tan solo un accidente —repuso simplemente Dorothy—. No pude evitarlo.

—Bueno —concluyó la cabeza—, te daré mi respuesta: no tienes el derecho a exigirme que te envíe de vuelta a Kansas si no me devuelves el favor haciendo algo por mí. En este reino, hay que pagar por lo que se recibe. Si deseas que use mis poderes mágicos para enviarte de vuelta a tu hogar, debes hacer algo por mí primero. Ayúdame y te ayudaré.

—¿Qué debo hacer? —preguntó la niña.

—Asesinar a la Bruja Malvada del Oeste —contestó Oz.

—Pero ¡no puedo! —exclamó Dorothy muy sorprendida.

—Asesinaste a la Bruja Malvada del Este y llevas puestos sus zapatos plateados, que portan un gran encantamiento. Ahora tan solo queda una sola Bruja Malvada en este reino y, cuando puedas asegurarme que está muerta, te enviaré de vuelta a Kansas; antes, no.

La niñita empezó a llorar; estaba muy decepcionada. Los ojos parpadearon de nuevo y la vieron llenos de expectativas, como si Oz el Grande sintiera que ella podría ayudarlo si lo hiciera.

—Nunca maté nada a propósito —dijo ella sollozando—. Incluso si lo deseara, ¿cómo acabaría con la Bruja Malvada? Si usted, que es grande y terrible, no puede asesinarla con sus propias manos, ¿cómo espera que yo lo haga?

—No lo sé —contestó la cabeza—; pero esa es mi respuesta y, hasta que la Bruja Malvada no muera, no volverás a ver a tu tío ni a tu tía. Recuerda que es malvada, malvada en exceso, y debe ser asesinada. Ahora vete, y no pidas verme de nuevo hasta que no hayas concluido tu tarea.

Apenada, Dorothy abandonó el salón del trono y volvió a donde el León, el Espantapájaros y el Leñador de Hojalata la esperaban para oír qué le había dicho Oz: «No quedan esperanzas para mí», se entristeció la niña, «porque Oz no me enviará a casa hasta que haya asesinado a la Bruja Malvada del Oeste, y nunca podré hacerlo».

Sus amigos estaban apenados, pero no podían hacer nada para ayudarla; de modo que Dorothy volvió a su habitación, se acostó en la cama y lloró hasta dormirse.

A la mañana siguiente, un soldado con bigotes verdes buscó al

Espantapájaros y le ordenó:

—Venga conmigo, pues Oz lo convoca.

Entonces, el Espantapájaros lo siguió y entró en el gran salón del trono, en donde vio sentada en el trono de esmeralda a una doncella de lo más encantadora. Vestía un tul de seda verde y lucía una corona de joyas sobre una cascada de rizos verdes. De los hombros, le crecían alas de un color precioso y tan ligeras que se batían ante la menor caricia del aire.

Cuando el Espantapájaros hubo hecho una reverencia tan elegante como la paja se lo permitía a esta criatura hermosa, ella lo miró con ternura y pronunció:

—Soy Oz, el Grande y Terrible. ¿Quién eres y por qué me buscas?

Ahora bien, el Espantapájaros, que esperaba ver la gran cabeza de la que Dorothy le había contado, se quedó atónito, pero se rellenó de valentía y le respondió:

—Tan solo soy un espantapájaros relleno de paja. Por lo tanto, no tengo sesos y acudo a usted para pedirle que me rellene la cabeza con algunos, en vez de paja; así podré ser tan humano como cualquier otro en sus dominios.

—¿Por qué habría de hacer esto por ti? —preguntó la doncella.

—Porque es sabia y poderosa y nadie más puede ayudarme —repuso el Espantapájaros.

—Nunca concedo favores sin nada a cambio —le devolvió Oz—; pero esto te prometo: si asesinas por mí a la Bruja Malvada del Oeste, te colmaré la cabeza de cerebro y será un cerebro tan inteligente que serás el más sabio en todo el Reino de Oz.

—Pensé que le habías pedido a Dorothy que asesinara a la Bruja —respondió el Espantapájaros sorprendido.

—Sí, lo hice. No me interesa quién la asesine. Pero hasta que no muera, no te concederé el deseo. Ahora vete y no vuelvas hasta que te hayas ganado el cerebro que tanto deseas.

El Espantapájaros volvió entristecido con sus amigos y les contó lo que Oz había pedido, y Dorothy se sorprendió al escuchar que el gran mago no era una cabeza, como ella había presenciado, sino una doncella encantadora.

—De todas maneras —comentó el Espantapájaros—, le falta tanto corazón como al Leñador de Hojalata.

A la mañana siguiente, el soldado con bigotes verdes buscó al Leñador de Hojalata y le ordenó:

—Oz lo llama. Sígame.

Así que el Leñador de Hojalata lo siguió y llegó al gran salón del trono. No sabía si Oz adoptaría la forma de una doncella encantadora o de una cabeza, pero esperaba que fuera la doncella encantadora. «Pues», dijo para sí «si llega a ser la cabeza, estoy seguro de que no me dará ningún corazón, porque una cabeza no tiene corazón y, por lo tanto, no puede tener empatía. Pero, si es la doncella encantadora, rogaré con todas mis fuerzas por un corazón, pues dicen que las doncellas son de buen corazón».

Cuando el Leñador entró al gran salón, empero, no vio ni a la cabeza ni a la doncella, pues Oz había adoptado la forma de una bestia de lo más terrible. Era casi tan grande como un elefante y el trono verde parecía apenas capaz de soportar su peso. La bestia tenía la cabeza como de rinoceronte, solo que tenía cinco ojos en el rostro. Del cuerpo, le crecían cinco brazos largos y también cinco piernas largas y delgadas. Un cabello denso y lanudo le cubría cada parte; no podía imaginarse una bestia más horrenda. Era una fortuna que el Leñador de Hojalata no tuviera corazón en ese momento, porque hubiera latido con fuerzas y rápidamente, del terror. Sin embargo, al ser de hojalata, el Leñador no sentía ningún temor, aunque sí decepción.

—Soy Oz, el Grande y Terrible —anunció la bestia con la voz de un gran rugido—. ¿Quién eres y por qué me buscas?

—Soy leñador y de hojalata. Por lo tanto, no tengo corazón ni puedo amar. Le ruego que me dé un corazón para ser como los otros humanos.

—¿Por qué habría de hacerlo? —inquirió la bestia.

—Porque lo pido y solo usted puede cumplirme el pedido —respondió el Leñador.

Oz emitió un gruñido bajo ante su respuesta, pero dijo con voz ronca: «Si de veras deseas un corazón, debes ganártelo».

—¿Cómo? —preguntó el Leñador.

—Ayuda a Dorothy a matar a la Bruja Malvada del Oeste —repuso la bestia—. Cuando la Bruja esté muerta, ven a verme y entonces te concederé el corazón más grande y noble y amoroso en todo el Reino de Oz.

Así que el Leñador estuvo obligado a volver apenado con sus amigos y contarles sobre la bestia terrible que había presenciado. Todos se sorprendieron mucho por las varias formas que el Gran Mago podía adoptar, y el León aseguró:

—Si cuando voy a verlo es la bestia, rugiré a todo pulmón y lo asustaré tanto que me concederá todo lo que desee. Y si es la doncella encantadora, fingiré asaltarla y la haré cumplirme el deseo. Y si es la gran cabeza, estará a mi merced, porque la haré rodar por todo el salón hasta que prometa darme lo que deseamos. Así que anímense, amigos míos, porque todo saldrá bien.

A la mañana siguiente, el soldado con bigotes verdes guio al León al gran salón del trono y lo hizo presentarse ante Oz.

El León pasó de inmediato por la puerta e, inspeccionando el salón, para su sorpresa, vio que ante el trono había una bola de fuego tan fuerte y brillante que apenas podía tolerar verla. Su primer pensamiento fue que Oz se había prendido fuego por accidente y estaba ardiendo, pero cuando intentó acercarse, la intensidad del calor le chamuscó los bigotes y se arrastró tembloroso de vuelta a un sitio más cercano a la puerta.

Luego, de la bola de fuego emanó una voz baja y tranquila y las palabras que pronunció fueron las siguientes:

—Soy Oz, el Grande y Terrible. ¿Quién eres y por qué me buscas?

Y el León contestó: «Soy un León Cobarde, temeroso de todo. Acudo a usted para rogarle que me dé coraje, para convertirme de veras en el Rey de las Fieras, como los humanos me llaman».

—¿Por qué debería darte coraje? —quiso saber Oz.

—Porque de entre todos los magos, usted es el más poderoso y es el único con el poder para cumplir mi deseo —contestó el León.

La bola de fuego ardió con fuerza por un momento y la voz le exigió: «Dame pruebas de que la Bruja Malvada está muerta y en ese momento te daré coraje. Pero por cuanto tiempo viva la Bruja, deberás seguir siendo cobarde».

Estas palabras enojaron al León, pero no podía responder nada y, mientras la contemplaba en silencio, la bola de fuego se encendió en cólera, y el León le dio la espalda y se apuró a salir del salón. Estaba agradecido de ver a sus amigos esperándolo y les contó sobre su audiencia terrible con el mago.

—¿Qué iremos a hacer ahora? —preguntó Dorothy entristecida.

—Solo hay una cosa que podamos hacer —le contestó el León— y es ir al país de los winkies, buscar a la Bruja Malvada y acabar con ella.

—Pero ¿y si no podemos? —preguntó la niña.

—Entonces nunca tendré coraje —declaró el León.

—Y yo no tendré nunca ningún seso —añadió el Espantapájaros.

—Y yo no tendré nunca ningún corazón —agregó el Leñador de Hojalata.

—Y yo nunca volveré a ver a mi tía Em ni a mi tío Henry —concluyó Dorothy a punto de llorar.

—¡Ten cuidado! —advirtió la niña verde—. Las lágrimas caerán sobre tu vestido de seda verde y lo mancharán.

De modo que Dorothy se secó las lágrimas y accedió: «Creo que debemos intentarlo, pero estoy segura de que no quiero asesinar a nadie, ni siquiera para volver a ver a tía Em».

—Iré contigo, pero soy demasiado cobarde como para matar a la Bruja —agregó el León.

—Yo también iré —aseveró el Espantapájaros—, pero no seré de mucha ayuda, pues soy tremendo zonzo.

—No tengo el corazón como para matar siquiera a una Bruja —comentó el Leñador de Hojalata—, pero si vas, ten por seguro que iré contigo.

Por lo tanto, estaba decidido: emprenderían viaje la mañana siguiente. El Leñador afiló su hacha en una piedra de afilar verde y se lubricó adecuadamente todas las articulaciones. El Espantapájaros se rellenó con paja fresca y Dorothy le pintó los ojos con pintura fresca, así sería capaz de ver mejor. La niña verde, quien fue muy amable con ellos, llenó la canasta de Dorothy con buenas comidas y ató una campanita alrededor del cuello de Toto con un moño verde.

Se fueron a dormir muy temprano y conciliaron un sueño profundo hasta que llegó la luz del día, cuando los despertó el canto de un gallo verde que anidaba en el jardín trasero del palacio y el cacareo de una gallina que había puesto un huevo verde.

## CAPÍTULO XII — EN BUSCA DE LA BRUJA MALVADA

El soldado con bigotes verdes los guio por las calles de la Ciudad Esmeralda hasta que llegaron a la habitación en donde vivía el guardián de la puerta. El oficial les destrabó los anteojos para guardarlos en su gran caja y después les abrió amablemente la puerta a nuestros amigos.

—¿Qué camino nos lleva hasta la Bruja Malvada del Oeste? —preguntó Dorothy.

—No hay ningún camino —respondió el guardián de la puerta—. Nunca nadie quiere ir en esa dirección.

—Entonces, ¿cómo haremos para encontrarla? —quiso saber la niña.

—Será fácil —contestó el hombre—, porque, cuando sepa que están en el país de los winkies, ella los buscará y los esclavizará a todos ustedes.

—Quizás no —dudó el Espantapájaros—, pues nos proponemos destruirla.

—Ah, ese es otro cantar —se sorprendió el guardián de la puerta—. Nunca antes nadie la destruyó, por eso fue lo natural que creyera que los esclavizaría tal como hizo con el resto. Pero vayan con cuidado, porque es malvada y feroz y capaz no permita que la destruyan. Vayan hacia el oeste, hacia donde el sol se esconde, y no se perderán en su búsqueda.

Le agradecieron, se despidieron, enfilaron hacia el oeste y caminaron por campos de pastos suaves, manchados por aquí y por allá con margaritas y botones de oro. Dorothy todavía llevaba el vestido precioso de seda que se había puesto en el palacio, pero ahora, para su sorpresa, vio que había perdido su verdor y se había vuelto de un blanco puro. El moño alrededor del cuello de Toto también había perdido su verdor y había adquirido la misma blancura que el del vestido de Dorothy.

Pronto dejaron atrás muy lejos la Ciudad Esmeralda. A medida que avanzaban, el suelo se volvía escabroso y desigual, pues en el país del oeste no había ni granjas ni casas y la tierra no estaba labrada.

Por la tarde, el calor del sol brillante les golpeaba el rostro, pues no había árboles que les proveyeran de sombra; por lo cual, antes de que cayera la noche, tanto Dorothy como Toto y el León se cansaron y se acostaron sobre el césped y cayeron dormidos.

El Leñador y el Espantapájaros se quedaron haciendo guardia.

La Bruja Malvada del Oeste tenía apenas un solo ojo que, empero, era tan poderoso como un telescopio y con el que podía ver a todas partes. Así que, estando sentada en la puerta de su castillo, justo miró en rededor y vio a Dorothy acostada durmiendo con sus amigos junto a ella. La distancia que los separaba era grande, pero a la Bruja Malvada le molestó que estuvieran en su país; por lo que pitó un silbato de plata que le colgaba del cuello.

En ese instante llegó corriendo de todas las direcciones una manada de lobos grandes. Tenían patas largas y ojos feroces y dientes filosos.

—Vayan a donde esos extranjeros —ordenó la Bruja— y háganlos trizas.

—¿No los esclavizará? —preguntó el lobo alfa.

—No —contestó—. Uno es de hojalata y el otro, de paja; una es una niña y el otro, un león. Ninguno de ellos es apto para el trabajo, así que tienen permiso para hacerlos trizas con saña.

—De acuerdo —aceptó el lobo y partió a toda velocidad, seguido de los otros lobos.

Por suerte, el Espantapájaros y el Leñador estaban en vela y escucharon a los lobos acercándose.

—Esta batalla es mía —decidió el Leñador—, así que ponte detrás de mí y se las verán conmigo a medida que vengan.

Tomó su hacha, la cual había afilado muy bien, y, cuando el lobo alfa se le abalanzó, lo decapitó con un hachazo veloz, y así acabó con él de inmediato. En cuanto pudo alzar el hacha, otro lobo se le abalanzó y también cayó víctima de la hoja afilada que el Leñador de Hojalata blandía. Había cuarenta lobos y cuarenta lobos murieron, de modo que al final los cadáveres se acumulaban en un montón al frente del Leñador.

Luego bajó el hacha y se sentó junto al Espantapájaros, quien lo felicitó: «Muy buena batalla libraste, amigo».

Esperaron a que Dorothy se despertara a la mañana siguiente. La niña se asustó bastante al ver la gran pila enmarañada de lobos, pero el Leñador de Hojalata le contó todo. Ella le agradeció por salvarlos y se sentó a desayunar, después de lo cual retomaron su viaje.

Esa misma mañana, la Bruja Malvada fue hasta la puerta de su castillo y echó un vistazo tuerto hacia lo lejos. Vio que todos sus lobos yacían muertos y que los extranjeros aún atravesaban a pie su país. Se enojó más que antes y pitó dos veces su silbato de plata.

De inmediato una bandada numerosa de cuervos salvajes llegó volando, los suficientes como para anochecer el cielo.

La Bruja Malvada le ordenó al rey cuervo: «Vayan de inmediato con esos extranjeros; usen el pico y arránquenles los ojos y háganlos trizas».

Los cuervos se fueron volando en una sola bandada numerosa hacia donde estaban Dorothy y sus compañeros. Cuando la niña los vio acercarse, se atemorizó.

Sin embargo, el Espantapájaros les ordenó: «Esta batalla es mía, así que resguárdense detrás de mí y no saldrán heridos».

De modo que todos se acostaron sobre el suelo, salvo el Espantapájaros, quien se quedó parado y estiró los brazos. Al verlo, los cuervos sintieron miedo, pues estos pájaros siempre les temen a los espantapájaros, y no se atrevieron a acercarse. No obstante, el rey cuervo arengó:

—No es más que un muñeco de paja. Le arrancaré los ojos con el pico.

El rey se echó sobre Espantapájaros, quien tomó al cuervo de la cabeza y lo mató retorciéndole el cuello. Otro cuervo más se le echó encima y el Espantapájaros también le retorció el cuello. Había cuarenta cuervos y cuarenta cuellos retorció el Espantapájaros, hasta que por fin todos yacían muertos junto a él. Después de eso, les avisó a sus compañeros que se levantaran y de nuevo siguieron el viaje.

Cuando la Bruja Malvada echó otro vistazo y vio a todos sus cuervos apiñados en un montón, la furia se apoderó de ella y pitó tres veces su silbato de plata.

En un santiamén se escuchó un zumbido potente silbando en el aire y un enjambre de abejas negras llegó volando hasta donde estaba la Bruja parada.

—¡Vayan hasta esos extranjeros y píquenles con los aguijones hasta asesinarlos! —les ordenó la Bruja, y las abejas se dieron la vuelta y volaron hasta donde Dorothy y sus amigos caminaban. El Leñador, empero, las vio llegar y el Espantapájaros había decidido qué hacer.

—Quítame el relleno de paja y cubre a la niña, al perro y al León —le indicó al Leñador—, y las abejas no podrán picarlos. —Así hizo el Leñador y, mientras Dorothy se arrimaba al León con Toto en los brazos, el Leñador los cubrió por completo con la paja.

Las abejas llegaron y no vieron a nadie más que al Leñador para picar; así que se le abalanzaron encima y se rompieron los aguijones contra la hojalata, sin herir en lo más mínimo al Leñador. Como no pueden vivir cuando se desprenden del aguijón, ese fue el fin de las abejas negras y se esparcieron densamente alrededor del Leñador como un manto espeso de carbón fino.

Luego, Dorothy y el León se levantaron y la niña ayudó al Leñador de Hojalata a rellenar de nuevo al Espantapájaros hasta que estuvo tan bien armado como siempre. De modo que retomaron el viaje de nuevo.

La Bruja Malvada tanto se encendió en cólera cuando vio a sus abejas amontonadas en un manto espeso cual carbón fino que golpeó con el pie y se arrancó el cabello y rechinó los dientes. Acto seguido, llamó a una docena de sus esclavos, los winkies, los armó con lanzas afiladas y les ordenó que marcharan y aniquilaran a los extranjeros.

Los winkies no eran un pueblo corajudo, pero debían obedecer lo que les ordenaba. Así que marcharon hasta llegar cerca de Dorothy. Luego, el León lanzó un rugido feroz y se arrojó en dirección a ellos, y los pobres winkies se asustaron tanto que huyeron corriendo cuan rápido podían.

Cuando hubieron regresado al castillo, la Bruja Malvada les propinó unos buenos azotes con una correa y los mandó de vuelta a trabajar, después de lo cual se sentó a pensar qué debería hacer a continuación. ¿Cómo habían fallado todos sus planes para acabar con los extranjeros? No lo entendía, pero la bruja era poderosa, como así también cruel, y pronto había tomado una decisión acerca de cómo debía actuar.

En su armario guardaba un sombrero dorado rodeado con un aro de diamantes y rubíes. Este sombrero dorado guardaba un encantamiento: quienquiera que lo poseyera podía invocar tres veces a los monos alados, quienes debían obedecer cualquier orden que les dieran. Ninguna persona, empero, podía invocar a estas criaturas extrañas más de tres veces. Dos veces ya había usado la Bruja Malvada el encantamiento del sombrero. La primera vez fue cuando esclavizó a los winkies y se proclamó dictadora de su país. Los monos alados la habían ayudado a conseguirlo. La segunda vez fue cuando se enfrentó al mismísimo Oz el Grande y lo echó del País del Oeste. Los monos alados también la habían ayudado a lograrlo. Solo podía usar el sombrero una vez más; razón por la cual no quería hacerlo hasta no haber agotado todos sus otros poderes. Sin embargo, ahora que sus lobos feroces y sus cuervos salvajes y sus abejas negras habían muerto y que el León Cobarde había espantado a sus esclavos, comprendió que solo le quedaba una manera para acabar con Dorothy y sus amigos.

De modo que la Bruja Malvada sacó el sombrero dorado de su armario y se lo puso sobre la cabeza. Luego, se paró en la pierna izquierda y conjuró despacio:

—¡E-pe, pe-pe, ka-ke!

A continuación, se paró en la pierna derecha y siguió:

—¡Hi-la, he-lo, ho-la!

Acto seguido, se paró sobre las dos piernas y gritó en voz alta:

—¡Zi-zi, zu-zi, zik!

El encantamiento empezó a surtir efecto. El cielo se oscureció y se escuchó un estruendo grave rasgar el aire. Hubo una tormenta de alas, risas y chillidos y el sol resurgió del cielo ennegrecido e iluminó a la Bruja Malvada. La rodeaba una bandada de monos, cada uno con un par de alas inmensas y poderosas que les nacían de los hombros.

Uno mucho más grande que los otros parecía ser el líder. Se acercó volando a la bruja y anunció: «Nos invocó por tercera y última vez. ¿Qué nos ordena?».

—Vayan a donde los extranjeros que atraviesan mis tierras y destrúyanlos a todos, salvo al León —ordenó la Bruja Malvada—. Tráiganme a la bestia porque tengo en mente colocarle riendas de caballo y ponerlo a trabajar.

—Obedeceremos sus órdenes —contestó el líder. Luego, en un huracán de risas y chillidos, los monos alados se fueron volando al sitio en donde Dorothy y sus amigos caminaban.

Unos de los monos asieron al Leñador de Hojalata y se lo llevaron por el aire hasta que volaron sobre un campo cubierto por completo con rocas filosas. Allí arrojaron al pobre Leñador, quien cayó de una gran altura hasta las rocas, en donde quedó tan machacado y menoscabado que no podía ni moverse ni quejarse.

Otros monos atraparon al Espantapájaros y con los dedos largos le quitaron toda la paja del interior de las ropas y de la cabeza. Hicieron una bola con su sombrero y sus botas y sus ropas, y la tiraron sobre la copa de un árbol elevado.

El resto de los monos cubrió al León con sogas gruesas y con muchos aparejos y le asieron el cuerpo y la cabeza y las patas hasta que no pudo morder, ni rasgar ni luchar de ninguna manera. Lo alzaron y se lo llevaron por los aires hasta el castillo de la bruja, donde lo dejaron en un jardín pequeño cercado con varas de hierro elevadas para que no pudiera escaparse.

A Dorothy, empero, no la hirieron en absoluto. Parada y con Toto en brazos, veía el triste destino de sus compañeros y pensaba que pronto le llegaría su turno. El líder de los monos alados voló hacia ella extendiendo los largos brazos peludos y enseñando terriblemente unos dientes horrendos, pero, al verle la marca de la Bruja Buena en la frente, se detuvo en seco y les hizo señas a los demás para que no la tocaran.

—No nos atrevamos a tocar a esta niña —les advirtió—, pues la protege el poder del bien y es mayor que el del mal. Lo único que podemos hacer es llevarla al castillo de la Bruja Malvada y dejarla allí.

Así que, con cuidado y delicadeza alzaron a Dorothy con los brazos y se la llevaron prestos por el aire hasta llegar al castillo, donde la dejaron en el vano de la puerta. Acto seguido, el líder le informó a la Bruja:

—Hemos obedecido hasta donde fuimos capaces. El Leñador de Hojalata y el Espantapájaros yacen destruidos y el León está atado en su jardín. A la niña, no nos atrevemos a herirla ni tampoco al perro que lleva en brazos. El poder que usted ejercía sobre nuestra pandilla acabó y nunca volverá a vernos.

Luego, todos los monos alados, entre muchas risas y chillidos y barullo, se elevaron por el aire y pronto salieron del campo de visión.

La Bruja Malvada estuvo tanto sorprendida como preocupada al ver la marca en la frente de Dorothy porque sabía muy bien que ni los monos alados ni ella se atreverían a herir a la niña de ningún modo. Bajó la mirada a los pies de Dorothy y, viendo los zapatos plateados, empezó a temblar presa del miedo, pues sabía que portaban un poderoso encantamiento. La Bruja estuvo tentada primero de huir corriendo de Dorothy, pero miró a la niña a los ojos y vio que detrás de ellos vivía un alma sencilla y que la niña no sabía acerca del maravilloso poder que los zapatos plateados le conferían. Así que la Bruja Malvada se rio para sus adentros y pensó: «Todavía puedo esclavizarla, porque no sabe cómo aprovechar su poder». Luego, se dirigió a Dorothy con un tono muy duro y severo:

—Ven conmigo y asegúrate de hacer todo lo que te ordene, porque, si no lo haces, acabaré contigo de la misma manera que hice con el Leñador de Hojalata y el Espantapájaros.

Dorothy la siguió a través de las varias habitaciones hermosas del castillo hasta que llegaron a la cocina, donde la Bruja Malvada le hizo lavar las ollas y teteras y fregar el piso y mantener el fuego vivo con leña.

Dorothy se puso a trabajar sin chistar y con la mente decidida a hacerlo cuan duro pudiera, porque estaba agradecida de que la Bruja Malvada hubiera decidido no asesinarla.

Mientras Dorothy trabajaba duramente, la Bruja pensó en ir al jardín y ponerle al León las riendas de caballo; estaba segura de que le daría mucho placer hacerlo tirar de su carruaje cuando ella quisiera salir a pasear. No obstante, mientras abría la puerta, el León pegó un rugido estruendoso y arremetió contra ella con tanta ferocidad que asustó a la Bruja, quien salió corriendo y cerró la puerta de nuevo.

—Si no puedo domarte —amenazó la Bruja al León por detrás de las varas de la puerta—, puedo hacerte morir de inanición. No comerás nada hasta que hagas lo que deseo.

Por lo que, a partir de ese momento, no le llevó comida al León prisionero; pero todos los días al mediodía iba hasta la puerta y le preguntaba: «¿Estás listo para dejarte domar como caballo?».

El León le respondía: «No. Si entras en el jardín, te masticaré».

La razón por la cual el León no necesitaba hacer lo que la Bruja deseaba era que Dorothy, cada noche, mientras la mujer dormía, le llevaba comida del aparador. Luego de que hubiera cenado, el León se recostaba en su cama de paja y Dorothy se acostaba con él y apoyaba la cabeza en la suave melena enmarañada. Discutían sus problemas y trataban de idear algún plan de escape. Sin embargo, no podían encontrar ninguna manera de escapar del castillo porque estaba vigilado por los winkies amarillos, los esclavos de la Bruja Malvada, quienes eran muy temerosos de ella como para no obedecerle.

La niña debía trabajar duro durante el día y a menudo la Bruja amenazaba con pegarle usando un paraguas viejo que siempre llevaba en la mano. No obstante, lo cierto era que no se atrevía a golpear a Dorothy debido a su marca en la frente. La niña no lo sabía y temía en gran medida por ella y por Toto. En una ocasión, la Bruja le asestó un golpe a Toto con su paraguas y el perrito valiente acometió y le mordió la pierna en forma de venganza. De donde fue herida la Bruja, no brotó nada, pues era tan malvada que la sangre se le había marchitado hacía ya varios años.

La vida de Dorothy se tornaba más triste a medida que comprendía que sería más difícil que nunca volver a Kansas con la tía Em. En ocasiones, lloraba desconsolada por horas. Toto se le sentaba a los pies, clavaba su mirada en el rostro y gemía apenado para mostrar cuán triste estaba por su pequeña dueña. A decir verdad, a Toto no le interesaba si estaba en Kansas o en el Reino de Oz, en tanto y en cuanto Dorothy estuviera con él; pero sabía que Dorothy era infeliz y eso lo ponía infeliz a él también.

Ahora bien, la Bruja Malvada deseaba con locura adueñarse de los zapatos plateados que la niña usaba todo el tiempo. Tanto sus abejas como cuervos y lobos yacían amontonados y secos, y ya había agotado el poder del sombrero dorado; pero si tan solo pudiera hacerse con los zapatos plateados, le conferirían más poder que la combinación de todo lo que había perdido. Vigilaba con atención a Dorothy para ver si en algún momento se sacaba los zapatos, creyendo que quizás podría robarlos. La niña, empero, estaba tan orgullosa de sus lindos zapatos que nunca se los sacaba, salvo a la noche y a la hora del baño. La Bruja le tenía demasiado miedo a la oscuridad como para atreverse a entrar en la habitación de Dorothy durante la noche para robar los zapatos, y el pavor que sentía por el agua era aún mayor que el que sentía por la oscuridad, por lo que nunca se acercaba cuando Dorothy se bañaba. De hecho, la Bruja anciana nunca tocaba el agua ni dejaba que el agua la tocara de ninguna manera.

Sin embargo, la criatura malvada era muy astuta y al final se le ocurrió una treta con la que obtendría lo que quería. Colocó una vara de hierro en medio del piso de la cocina y, usando sus artes mágicas, la hizo invisible a los ojos humanos. Por lo que, cuando Dorothy atravesaba la cocina, se tropezó con la vara por ser incapaz de verla y se cayó dando un golpazo. No le dolió mucho, pero en la caída se le cayó uno de los zapatos plateados y, antes de que pudiera recuperarlo, la Bruja ya lo había tomado y se lo puso en el pie huesudo.

La mujer desalmada estaba muy complacida con el éxito de su treta, porque, mientras tuviera uno de los zapatos, poseía la mitad del poder del encantamiento y Dorothy no podría usarlo contra ella, incluso si hubiera sabido cómo usarlo.

La niña, viendo que había perdido uno de sus lindos zapatos, se enojó y le exigió a la Bruja: «¡Devuélveme mi zapato!».

—No —le repuso la Bruja—, ahora es mi zapato y no tuyo.

—¡Criatura maldita! —gritó Dorothy— No tienes ningún derecho a quitarme el zapato.

—De todas maneras, me lo quedaré —se le rio la Bruja— y algún día también te quitaré el otro.

Ante esto, a Dorothy le entró tanta rabia que tomó un balde de agua que estaba cerca y lo volcó sobre la Bruja, con lo que la mojó de pies a cabeza.

De inmediato, la Bruja pegó un alarido, asustada, y luego, para extrañamiento de Dorothy, la Bruja empezó a encogerse y deshacerse.

—¡Mira lo que has hecho! —gritó la Bruja—. En un minuto, me habré derretido.

—Lo siento mucho, de veras —se disculpó Dorothy, quien estaba muy asustada al ver que la Bruja se derretía como el azúcar mascabado ante sus propios ojos.

—¿No sabías que el agua sería mi fin? —preguntó la Bruja con una voz chillona y abatida.

—Por supuesto que no —respondió Dorothy—. ¿Cómo habría de saberlo?

—Bueno, en unos minutos me habré derretido por completo y tendrás el castillo para ti. En mis tiempos fui malvada, pero nunca creí que una niñita como tú sería capaz de derretirme y acabar con mis maldades. Mira: ¡ya me voy!

Con estas palabras, la Bruja se derritió hasta no ser más que una masa marrón y amorfa que se esparció por las tablas limpias del piso de la cocina. Viendo que se había derretido hasta no ser nada, Dorothy tomó otro balde de agua y lo volcó sobre toda la suciedad. Fregó todo y la echó por la puerta. Luego de haber levantado el zapato plateado, que era todo lo que quedaba de la anciana, lo limpió y secó con una tela y se lo puso en el pie de nuevo. Siendo por fin libre para hacer lo que quisiera, se fue corriendo al jardín a contarle al León que la Bruja Malvada del Oeste había llegado a su fin y que ya no eran prisioneros en una tierra extranjera.

El León Cobarde se alegró un montón al enterarse de que la Bruja Malvada se había derretido con un baldazo de agua y Dorothy lo liberó sin demora destrabando la puerta de su celda. Entraron juntos al castillo, donde lo primero que Dorothy hizo fue convocar a los winkies y anunciarles que ya no eran esclavos.

Se esparció el regocijo entre los winkies amarillos, pues la Bruja Malvada los había hecho trabajar arduamente durante varios años y, además, los trataba con crueldad gigantesca. Fijaron el día como festivo de ahí en adelante y pasaron el tiempo celebrando y bailando.

—Si nuestros amigos, el Espantapájaros y el Leñador de Hojalata, estuvieran con nosotros —se lamentó el León—; sería tan feliz.

—¿No crees que podríamos rescatarlos? —preguntó deseosa la niña.

—Podemos intentarlo —respondió el León.

De modo que llamaron a los winkies amarillos y les preguntaron si los ayudarían a rescatar a sus amigos. Los winkies les respondieron que con gusto harían todo lo que estuviera a su alcance para ayudar a Dorothy, quien los había librado de sus cadenas. Así que eligió a los winkies que parecían ser los más sabiondos y se pusieron manos a la obra. Viajaron durante ese día y parte del siguiente hasta llegar al campo de rocas en donde yacía el Leñador de Hojalata, todo machacado y menoscabado. El hacha estaba cerca, pero la hoja se había oxidado y el mango quebrado y desprendido cerca de ella.

Los winkies lo alzaron en brazos con delicadeza y lo llevaron de vuelta al castillo amarillo. Dorothy derramaba unas lágrimas por el triste estado en el que se encontraba su viejo amigo y el León lucía un aspecto serio y apenado. Cuando hubieron llegado al castillo, Dorothy les preguntó a los winkies:

—¿Hay hojalateros entre ustedes?

—Ah, sí. Algunos son muy buenos hojalateros —le respondieron.

—Tráiganlos conmigo entonces —les pidió. Cuando hubieron llegado los hojalateros y traído consigo todas sus herramientas en canastas, la niña preguntó—: ¿Pueden repararle las abolladuras al Leñador de Hojalata, darle forma de nuevo y soldarlo en donde está roto?

Los hojalateros inspeccionaron al Leñador y le respondieron que creían poder arreglarlo para que vuelva a estar en tan buen estado como antes. Por lo que se pusieron a trabajar en una de las grandes salas amarillas del castillo y trabajaron por tres días y cuatro noches. Dieron martillazos y atornillaron tornillos y doblaron y soldaron y pulieron y unieron las piernas y cuerpo y cabeza del Leñador de Hojalata, hasta que adquirió de nuevo su forma antigua y las articulaciones le funcionaron tan bien como antes. Para cerciorarse, le habían puesto muchos parches, pero los hojalateros hicieron un buen trabajo y, como el Leñador no era vano, no le molestaron para nada los parches.

Por fin, cuando él hubo entrado a la habitación de Dorothy y le hubo agradecido por rescatarlo, se alegró tanto que derramó lágrimas de alegría y Dorothy le tuvo que secar con cuidado cada lágrima del rostro con su delantal para que no se le oxidaran las articulaciones. Al mismo tiempo, a Dorothy se le caían rápidamente unas lágrimas regordetas gracias al reencuentro con su viejo amigo; lágrimas que no hacía falta secar. En cuanto al León, se secó las lágrimas con la punta de la cola tantas veces que se le empapó y se vio obligado a salir al jardín y dejar que la cola se le seque al sol.

—Si solo el Espantapájaros estuviera de nuevo con nosotros —se lamentó el Leñador de Hojalata cuando Dorothy hubo acabado de contarle todo lo que había sucedido—, sería tan feliz.

—Debemos intentar encontrarlo —alentó la niña.

Por lo que llamó a los winkies para que les ayudaran y caminaron todo aquel día y parte del día siguiente hasta que llegaron al árbol alto a cuyas ramas los monos alados habían arrojado la ropa del Espantapájaros.

El árbol era muy alto; y el tronco, tan liso que nadie pudo treparlo, pero el Leñador decidió de inmediato: «Lo talaré y podremos rescatar la ropa del Espantapájaros».

Ahora bien, mientras los hojalateros le daban forma al Leñador de Hojalata, un winkie orfebre labró otro mango para el hacha del Leñador con oro sólido y reemplazó el mango viejo y roto. Otros winkies pulieron la hoja hasta remover todo el óxido y hacerle adquirir un brillo argénteo.

En cuanto hubo hablado, el Leñador de Hojalata empezó a talar y en poco tiempo el árbol cayó dando un golpazo, con el cual la ropa del Espantapájaros se desprendió de las ramas y rodó por el suelo.

Dorothy la recogió e hizo que los winkies la llevaran de vuelta al castillo, donde la rellenaron con paja nueva y limpia, y ¡helo allí! El Espantapájaros había resucitado con el mismo buen estado de siempre, y les agradeció una y otra vez por haberlo rescatado.

Ahora que se habían reencontrado, Dorothy y sus amigos descansaron unos días agradables en el castillo amarillo, donde encontraron todo lo necesario para sentirse cómodos.

No obstante, un día la niña recordó a la tía Em y propuso: «Debemos volver con Oz y reclamar su parte de la promesa».

—Sí —coincidió el Leñador—, por fin tendré corazón.

—Y yo tendré sesos —agregó, alegre, el Espantapájaros.

—Y yo tendré coraje —añadió, pensativo, el León.

—Y yo volveré a Kansas —concluyó Dorothy y aplaudió con las manos—. Ah, ¡volvamos a la Ciudad Esmeralda mañana!

Así lo decidieron. Al día siguiente, reunieron a los winkies y se despidieron. Los winkies se lamentaron por su partida, y se habían encariñado tanto con el Leñador de Hojalata que le rogaron que se quedara y gobernara en el país amarillo del oeste. Viendo que estaban decididos a partir, los winkies le dieron a Toto y al León un collar dorado a cada uno; a Dorothy, una pulsera hermosa incrustada de diamantes; al Espantapájaros, un bastón de caminar con cabezal de oro para evitar que se tropezara; y al Leñador de Hojalata, una aceitera de plata bañada en oro y cubierta de piedras preciosas.

Cada uno de los caminantes pronunció un discurso hermoso de agradecimiento y les estrecharon la mano hasta que les dolieron los brazos.

Dorothy fue al aparador de la Bruja a llenar su canasta con comida para el viaje y allí vio el sombrero dorado. Se lo probó en la cabeza y vio que le quedaba a la perfección. No sabía nada acerca del encantamiento del sombrero dorado, pero viendo que era bonito, decidió que lo usaría y puso el sombrero para el sol en la canasta.

Luego, estando listos para viajar, emprendieron camino hacia la Ciudad Esmeralda; los winkies les dedicaron tres «¡hurra!» y les dieron muchos buenos deseos para que los acompañen.

# CAPÍTULO XIV – LOS MONOS ALADOS

Recordarán que no había ningún camino, ni siquiera un sendero, entre el castillo de la Bruja Malvada y la Ciudad Esmeralda. Cuando los cuatro caminantes habían partido en su búsqueda, fue la Bruja quien los vio venir y por eso mandó a los monos alados para que los trajeran ante ella. Resultó ser mucho más difícil orientarse de vuelta entre los vastos campos de botones de oro y margaritas amarillas que dejarse llevar por los monos. Por supuesto, sabían que debían dirigirse derecho al este, hacia el sol saliente, y arrancaron en la dirección correcta. Al mediodía, empero, cuando tenían al sol sobre la cabeza, no sabían a dónde estaba el este ni a dónde estaba el oeste, y esa fue la razón por la que se perdieron en los campos vastos. De todas maneras, siguieron caminando y a la noche salió la luna, que brilló con fuerzas. Así que se acostaron en el dulce perfume amarillento y durmieron profundamente hasta la mañana, todos salvo el Espantapájaros y el Leñador de Hojalata.

A la mañana siguiente, el sol estaba escondido detrás de una nube, pero siguieron caminando como si estuvieran muy seguros de hacia donde se dirigían.

—Si caminamos lo suficiente —supuso Dorothy—, seguro que en algún momento llegamos a algún lugar.

Sin embargo, los días pasaban uno detrás del otro y no vieron nada ante ellos, salvo los campos escarlatas. El Espantapájaros empezó a refunfuñar un poco.

—Está claro que nos hemos perdido —comentó— y, a menos que nos desperdamos a tiempo para llegar a la Ciudad Esmeralda, nunca tendré seso.

—Ni yo corazón —agregó el Leñador de Hojalata—. Siento que apenas puedo esperar para ver a Oz y debes admitir que viene siendo un viaje muy largo.

—Verán —añadió gimoteando el León Cobarde—, me falta el coraje para seguir arrastrando las patas por siempre y sin llegar a ningún destino.

Entonces, se le quebraron los ánimos a Dorothy. Se sentó en el suelo y miró a sus compañeros, y ellos se sentaron y la miraron, y Toto sintió por primera vez en su vida que estaba demasiado cansado como para perseguir una mariposa que le aleteaba cerca de la cabeza. Por lo que sacó la lengua y jadeó mirando a

Dorothy como si fuera a preguntarle qué deberían hacer a continuación.

—Podríamos llamar a los ratones de campo —propuso la niña—. Es probable que puedan indicarnos el camino hacia la Ciudad Esmeralda.

—¡Por supuesto que podrán! —exclamó el Espantapájaros—. ¿Por qué no lo pensamos antes?

Dorothy hizo sonar el silbatito que cargaba en el cuello todo el tiempo desde que la reina ratona se lo había dado. En unos minutos, escucharon un golpeteo de patitas y varios de los ratoncitos grises llegaron corriendo hasta ella. Entre ellos estaba la reina en persona, quien les preguntó con su vocecita chilloncita:

—¿Qué puedo hacer por mis amigos?

—Nos hemos perdido —le explicó Dorothy—. ¿Podría decirnos dónde queda la Ciudad Esmeralda?

—Por supuesto —contestó la reina—, pero queda muy lejos, pues le estuvieron dando la espalda todo este tiempo. —Luego advirtió el sombrero dorado de Dorothy y sugirió: «¿Por qué no usan el encantamiento del sombrero e invocan a los monos alados? Los llevarán a la ciudad de Oz en menos de una hora».

—No sabía que tenía un encantamiento —se sorprendió Dorothy—. ¿Cómo es?

—Está escrito dentro del sombrero dorado —contestó la reina ratona—. Pero si van a invocarlos, debemos huir porque se dejan llevar por las travesuras y se divierten mucho atormentándonos.

—¿No me lastimarán? —quiso saber la niña nerviosa.

—Ah, no. Deben obedecer al portador del sombrero. ¡Adiós! —Y se alejó seguida de sus súbditos hasta perderse de vista.

Dorothy revisó el interior del sombrero dorado y vio unas palabras escritas en el forro interno. Supuso que debían de ser el encantamiento, así que leyó las instrucciones con cuidado y se puso el sombrero sobre la cabeza.

—¡E-pe, pe-pe, ka-ke! —pronunció Dorothy parada en la pierna izquierda.

—¿Qué cosa? —preguntó el Espantapájaros, quien no entendía qué estaba haciendo.

—¡Hi-la, he-lo, ho-la! —prosiguió Dorothy, esta vez parada en la pierna derecha.

—¡Hola! —saludó calmado el Espantapájaros.

—¡Zi-zi, zu-zi, zik! —concluyó Dorothy, ahora parada en las dos piernas. Así terminó de pronunciar el encantamiento y escucharon una bandada de risas y aleteos mientras los monos alados llegaban volando hasta ellos.

El rey hizo una reverencia profunda para Dorothy y preguntó: «¿Qué nos ordena?».

—Queremos ir a la Ciudad Esmeralda —contestó la niña— y nos hemos perdido.

—Los llevaremos —respondió el rey y, ni bien hubo dicho estas palabras, dos de los monos la asieron a Dorothy con los brazos y se la llevaron volando. Otros llevaron al Espantapájaros y al Leñador y al León, y un monito tomó a Toto y los siguió a todos, a pesar de que el perro trataba con ganas de morderlo.

El Espantapájaros y el Leñador de Hojalata estaban algo asustados al principio porque recordaban con cuánta maldad los monos alados los habían tratado en el pasado. Sin embargo, vieron que no tenían la intención de causarles ningún daño, así que surcaron los cielos bastante alegres y se la pasaron muy bien viendo los jardines preciosos y el bosque muy por debajo de ellos.

Dorothy se sintió cómoda sentada entre dos de los monos más grandes, siendo uno de ellos el mismísimo rey. Habían hecho una silla con las manos y eran cuidadosos de no lastimarla.

—¿Por qué tienen que obedecer el encantamiento del sombrero dorado? —preguntó la niña.

—Es una historia larga —respondió el rey entre risas—, pero dado que el viaje que nos depara es largo, te la contaré para que el tiempo se nos pase volando si quieres.

—Sería un placer escucharla —le contestó.

—Hubo un tiempo —empezó a narrar el líder— en el que éramos un pueblo libre, vivíamos felices en el gran bosque, volábamos de un árbol al otro, comíamos nueces y frutas y hacíamos los que nos placía sin tener a nadie a quien llamarle amo. Capaz que las travesuras de algunos de nosotros se pasaban de la raya en algunas ocasiones, como cuando bajábamos a tirarles de la cola a los animales sin alas o perseguíamos aves o le tirábamos nueces a quienes paseaban por el bosque. Pero vivíamos despreocupados, felices y atiborrados de diversión, y disfrutábamos cada minuto del día. Fue hace muchos años, mucho antes de que Oz bajara de las nubes a gobernar estas tierras.

»Por ese entonces, vivía aquí muy lejos en el norte una princesa preciosa, quien también era una hechicera poderosa. Destinaba toda su magia a ayudar a las personas y nunca se supo que hiriera a alguien bueno. ¿Su nombre? Felixeta. Vivía en un palacio hermoso, construido con bloques enormes de rubíes. Todos la amaban, pero su mayor pena era que, en cambio, no podía encontrar a nadie a quien amar, dado que todas las personas eran demasiado horrorosas y tarambanas como para casarse con alguien tan bella e inteligente. No obstante, terminó dando con un chico cuyos atractivo, inteligencia y masculinidad eran inesperados para alguien de su edad. Felixeta decidió que cuando él alcanzara la adultez, se casarían; de modo que se lo llevó al palacio de rubíes y usó todos sus poderes mágicos para hacerlo tan fuerte, bondadoso y amoroso como cualquier mujer querría. Cuando alcanzó la adultez, se decía que Quelala, su nombre, era el mejor hombre y el más sabio en todo el reino, mientras que su belleza masculina era tanta que Felixeta lo amaba con locura y se apresuró a alistar todo para el casamiento.

»En ese entonces, mi abuelo era el rey de los monos alados, que vivían en el bosque cerca del palacio de Felixeta, y ese viejo rufián disfrutaba más gastando bromas que dándose una panzada en la cena. Un día, justo antes del casamiento, mi abuelo volaba con su pandilla cuando vio a Quelala caminando junto al río. Lucía un atuendo ostentoso de seda rosa y terciopelo púrpura y mi abuelo creyó saber qué podía hacer. Con una orden, los pandilleros descendieron y asieron a Quelala, se lo llevaron hasta sobrevolar el medio de un río y lo dejaron caer al agua.

»«Nade, mi estimadísimo caballero», gritó mi abuelo, «y fíjese si el agua no le mancha los ropajes». Quelala era suficientemente inteligente como para no nadar y no sufrió ni el más mínimo rasguño por suerte. Cuando hubo emergido de las aguas, se rio y nadó hasta la orilla. Pero cuando Felixeta acudió corriendo a rescatarlo, vio que el agua había arruinado la seda y el terciopelo.

»La princesa estaba enojada y, por supuesto, sabía quién lo había hecho. Hizo que llevaran a todos los monos alados ante ella y lo primero que pidió fue que les ataran las alas, que los trataran como habían tratado a Quelala y que los arrojaran al río. Pero mi abuelo le suplicó con fuerza, porque sabía que los monos se ahogarían en el río con las alas atadas, y Quelala salió a defenderlos también; por lo que Felixeta al final los perdonó con la condición de que los monos alados desde ese momento en adelante le cumplirían tres veces los deseos al portador del sombrero dorado. El sombrero había sido un regalo de casamiento para Quelala y dicen que le costó a la princesa la mitad de su reino. Por supuesto que mi abuelo y los demás monos aceptaron sin chistar la condición y es por eso que somos tres veces esclavos del dueño del sombrero dorado, quienquiera que sea.

—¿Y qué fue de ellos? —preguntó Dorothy, que se había interesado mucho en la historia.

—Siendo Quelala el primer dueño del sombrero dorado —explicó el mono—, fue el primero en encomendarnos su deseo. Dado que su esposa no toleraba vernos, después de casarse nos invocó a todos al bosque y nos ordenó que nos quedáramos siempre en donde ella no pudiera ver jamás un mono alado, lo cual estábamos complacidos de hacer porque le teníamos miedo.

»Esto fue todo lo que tuvimos que hacer hasta que el sombrero dorado cayó en las manos de la Bruja Malvada del Oeste, quien nos ordenó esclavizar a los winkies y después expulsar a Oz del País del Oeste. Ahora el sombrero dorado es tuyo y tienes el poder de encomendarnos tus deseos tres veces.

Mientras el rey mono terminaba de narrarle la historia, Dorothy bajó la mirada y vio los brillantes muros verdes de la Ciudad Esmeralda levantarse ante ellos. Se sorprendió por la velocidad de vuelo de los monos, pero estaba agradecida de que el viaje hubiera terminado. Las criaturas extrañas dejaron con cuidado a los viajantes en la puerta de la ciudad; el rey le hizo una reverencia profunda a Dorothy y se fue volando rápido, seguido de su bandada.

—Qué buen viaje —comentó la niña.

—Sí y qué manera rápida de salir de nuestros problemas —coincidió el León—. ¡Por suerte has traído ese maravilloso sombrero!

Los cuatro caminantes se acercaron a la gran puerta de la Ciudad Esmeralda y tocaron el timbre. Después de tocarlo varias veces, el mismo guardián que habían conocido antes les abrió la puerta.

—Pero ¡cómo! ¿Volvieron? —preguntó sorprendido.

—¿Acaso no nos ves? —devolvió el Espantapájaros.

—Pero creía que se habían ido a ver a la Bruja Malvada del Oeste.

—Sí que la vimos —continuó el Espantapájaros.

—¿Y les dejó volver? —se maravilló el hombre.

—No pudo detenernos: está derretida —explicó el Espantapájaros.

—¡¿Derretida?! Bueno, en efecto, son buenas noticias —se alegró el hombre—. ¿Quién lo hizo?

—Dorothy —nombró el León con seriedad.

—¡Dios santo! —se sorprendió el hombre y le hizo una reverencia profundísima a la niña.

Luego los hizo entrar a la habitacioncita, les puso los anteojos de la gran caja sobre los ojos y los trabó; tal como hizo la vez anterior. Atravesaron la puerta y entraron en la Ciudad Esmeralda. Cuando las personas se hubieron enterado a través del guardián de la puerta que Dorothy había derretido a la Bruja Malvada del Oeste, todos se reunieron alrededor de los caminantes y los siguieron en procesión al palacio de Oz.

El soldado con bigotes verdes seguía guardando la puerta, pero les permitió entrar al instante y los recibió de nuevo la linda niña verde, quien de inmediato le mostró a cada uno sus viejas habitaciones, así podrían descansar hasta que Oz estuviera listo para concederles una audiencia.

El soldado hizo que le informaran con prontitud a Oz acerca de la noticia de que Dorothy y sus compañeros habían regresado después de haber derretido a la Bruja Malvada; Oz, empero, no emitió respuesta alguna. Creyeron que el gran Mago los haría llamar sin espera, pero no lo hizo. No supieron nada de él al día siguiente, ni al siguiente, ni al siguiente. Se angustiaron y desesperaron esperando y, después de un tiempo, se resintieron por la manera tan indecorosa con la que Oz los trataba luego de haberlos mandado a sufrir adversidades y la esclavitud. Por lo que el

Espantapájaros le terminó pidiendo a la niña verde que le llevara otro mensaje a Oz: si no les concedía una audiencia de inmediato, llamarían a los monos alados para averiguar si cumplía con sus promesas o no. Cuando le transmitieron el mensaje, el Mago se asustó tanto que les informó que fueran al salón del trono a las nueve y cuatro minutos de la mañana siguiente. Se había enfrentado una vez contra los monos alados en el País del Oeste y no deseaba repetirlo.

Los cuatro amigos pasaron la noche en vela, cada uno pensando en el deseo que Oz había prometido concederles. Dorothy logró dormir solo una vez y soñó que estaba en Kansas, donde la tía Em le decía cuánto se alegraba por tener a su sobrinita de vuelta en casa.

A las nueve en punto de la mañana siguiente el soldado con bigotes verdes fue a buscarlos y cuatro minutos después entraron todos al salón del trono de Oz el Grande.

Claro, cada uno esperaba ver al mago con la forma que había adoptado la vez anterior y fue enorme la sorpresa de todos cuando echaron un vistazo y no vieron a nadie en la habitación. Se quedaron cerca de la puerta y aún más cerca entre ellos, pues la quietud del salón era más inquietante que cualquiera de las otras formas que vieron a Oz adoptar.

En ese momento escucharon una voz solemne que parecía provenir de algún lugar cerca de la gran cúpula y anunció:

—Soy Oz, el Grande y Terrible. ¿Por qué me buscan?

Echaron otro vistazo a cada rincón del salón y, viendo que no había nadie, Dorothy preguntó: «¿Dónde está?».

—En todas partes —contestó la voz—, pero soy invisible a los ojos de simples mortales. Ahora me sentaré en el trono para que puedan hablar conmigo. —En efecto, la voz pareció provenir directo desde el trono; así que se acercaron, se ordenaron en hilera y Dorothy explicó:

—Vinimos a reclamar su parte de su promesa, oh, Oz.

—¿Qué promesa? —preguntó Oz.

—Prometió enviarme de vuelta a Kansas una vez que acabara con la Bruja Malvada —respondió la niña.

—Y prometió darme sesos —agregó el Espantapájaros.

—Y prometió darme corazón —añadió el Leñador de Hojalata.

—Y prometió darme coraje —concluyó el León Cobarde.

—¿De verdad asesinaron a la Bruja Malvada? —preguntó la voz

y Dorothy creyó oírla trastabillar un poco.

—Sí —confirmó ella—, la derretí con un baldazo de agua.

—Dios mío —dijo la voz—, ¡qué repentino! Bueno, vuelvan mañana porque necesito tiempo para considerarlo.

—Ya tuvo tiempo de sobra —elevó la voz, enojado, el Leñador de Hojalata.

—No esperaremos ni un día más —clamó el Espantapájaros.

—Debe cumplirnos su parte de la promesa —reclamó Dorothy.

El León pensó que sería bueno asustar al Mago, así que lanzó un rugido fuerte y sonoro, que fue tan feroz y terrible que Toto saltó, se alejó alarmado de él y volcó una pantalla que había en un rincón. Cuando la pantalla cayó dando un golpazo, vieron en esa dirección y de inmediato la sorpresa se apoderó de ellos. Vieron en el rincón, oculto tras la pantalla, a un viejito con la cabeza calva y el rostro arrugado, quien parecía estar tan sorprendido como ellos. El Leñador de Hojalata elevó el hacha, se acercó al hombrecito y gritó: «¿Quién eres?».

—Soy Oz, el Grande y Terrible —contestó el hombrecito con voz temblorosa—. Pero no me pegue, por favor, no lo haga, y haré todo lo que me pida.

Nuestros amigos lo vieron sorprendidos y desalentados.

—Creía que Oz era una cabeza gigantesca —comentó Dorothy.

—Y yo, que era una doncella encantadora —agregó el Espantapájaros.

—Y yo, que era una bestia terrible —añadió el Leñador de Hojalata.

—Y yo, que era una bola de fuego —cerró el León.

—No, todos se equivocan —corrigió apenado el hombrecito—. Eran todos artilugios.

—¡Artilugios! —se indignó Dorothy— ¿No eres un mago poderoso?

—¡Chist!, querida —le llamó Oz la atención—. No alces tanto la voz o te oirán de fuera y sería mi ruina. Se supone que soy un mago poderoso.

—¿Y no lo eres? —preguntó la niña.

—En absoluto, querida; soy tan solo un hombre común y corriente.

—En realidad no, eres más que eso —corrigió el Espantapájaros con un tono decepcionado—: eres un embustero.

—¡Tal cual! —confesó el hombrecito fregándose las manos

como si le trajera placer—. Soy un embustero.

—Pero es trágico —se indignó el Leñador de Hojalata—. ¿Cómo tendré corazón?

—¿Y yo coraje? —preguntó el León.

—¿Y yo sesos? —se lamentó el Espantapájaros, secándose las lágrimas del rostro con la manga de su saco.

—Amigos míos —suplicó Oz—, les ruego que no hablen de esas pequeñeces. Piensen en mí y los terribles problemas que corro de ser descubierto.

—¿Nadie más sabe que eres embustero? —quiso saber Dorothy.

—Nadie lo sabe, salvo ustedes cuatro y yo —respondió Oz—. He engañado a todos por tanto tiempo que creí que nunca me descubrirían. Fue un error garrafal haberlos dejado entrar al salón del trono. Por lo general, no veo ni siquiera a mis súbditos para que crean que soy terrible.

—Pero, no entiendo —dijo Dorothy incrédula—, ¿cómo es que te vi con la forma de una cabeza gigantesca?

—Es uno de mis trucos —contestó Oz—. Vengan por aquí, por favor, y les contaré todo.

Se dirigió a una cámara pequeña en la parte trasera del salón del trono y lo siguieron. Señaló una esquina, donde yacía la cabeza gigantesca, hecha de varias capas de papel y con el rostro pintado con cuidado.

—La colgué del techo con un cable —explicó Oz—. Estaba detrás de la pantalla y tiraba de un hilo para mover los ojos y abrir la boca.

—Pero ¿cómo hacías la voz? —quiso saber.

—Ah, soy ventrílocuo —aclaró el hombrecito—. Puedo proyectar mi voz a donde quiera, así creíste que era la cabeza quien hablaba. Aquí están los otros artilugios con los que los engañé. Le enseñó al Espantapájaros el vestido y la máscara que usó cuando pretendió ser una doncella encantadora. El Leñador de Hojalata comprobó que la bestia terrible no era nada más que un montón de pieles cocidas juntas, con un armazón para mantenerla extendida. En cuanto a la bola de fuego, el fraudumago también la había colgado del techo. Era, en realidad, una bola de algodón, pero que, al verterle aceite, ardía con fuerza.

—De veras —le reprochó el Espantapájaros—, deberías sentirte avergonzado por ser semejante embustero.

—Lo estoy, por supuesto que lo estoy —respondió apenado el

hombrecito—, pero era lo único que podía hacer. Por favor, siéntense, hay sillas suficientes, y les contaré mi historia.

Por lo que se sentaron y escucharon mientras les narraba el siguiente relato:

—Nací en Omaha…

—Pero ¡si no queda muy lejos de Kansas! —exclamó Dorothy.

—No, pero sí queda más lejos que de acá —indicó lamentándose con la cabeza—. Cuando crecí, me hice ventrílocuo y me entrenó muy bien un maestro excelente. Puedo imitar a cualquier tipo de ave o bestia —maulló como gatito y Toto levantó las orejas y miró a todas partes para ver en dónde estaba—. Después de un tiempo —siguió Oz—, me cansé y me hice piloto de globos aerostáticos.

—¿Qué cosa? —preguntó Dorothy.

—Una persona que en los días de circo sube en un globo aerostático para atraer a las personas a que paguen y vean el espectáculo —explicó.

—Ah, ya sé—comprendió.

—La cuestión es que un día subí en el globo y las cuerdas se entrelazaron, por lo que no pude bajar de nuevo. Subí por encima de las nubes, tanto que una corriente de aire me atrapó y me llevó por muchos, pero muchos kilómetros. Por un día y una noche surqué los aires y, a la mañana del segundo día, desperté y vi que el globo sobrevolaba unas tierras desconocidas y hermosas.

»Bajé poco a poco y no me lastimé en lo más mínimo. Pero me encontraba rodeado por unas personas extrañas que, al verme bajar de las nubes, pensaron que era un mago poderoso. Por supuesto, les dejé creerlo, porque me temían y prometían cumplirme cualquier cosa que deseara.

»Tan solo para entretenerme y mantener al pueblo bondadoso ocupado, les ordené que construyeran esta ciudad y mi palacio; lo hicieron con muchas ganas y muy bien. Luego pensé, como el país era tan verde y hermoso, llamarla Ciudad Esmeralda; y para que el nombre pegara mejor, les coloqué anteojos verdes a todos los ciudadanos para que todo lo que vieran fuera verde.

—Pero ¿no es todo verde aquí? —preguntó Dorothy.

—Tan verde como en cualquier otra ciudad —respondió Oz—, pero si usas lentes verdes, pues claro que todo lo que veas te parecerá verde. Los ciudadanos construyeron la Ciudad Esmeralda hace ya muchos años, pues era joven cuando llegué en el globo aerostático y ahora soy anciano. Pero mis ciudadanos llevan usando los anteojos hace tantos años ya que la mayoría cree de verdad que la ciudad es de esmeraldas y, en efecto, es una ciudad hermosa, rebosante de joyas y metales preciosos y todas las utilidades necesarias para alegrarle la vida a uno. He sido bueno con los ciudadanos y me quieren, pero desde que construyeron este palacio, me he encerrado y no he visto a nadie.

»Uno de mis mayores temores eran las Brujas porque, mientras yo no tenía en absoluto ningún poder mágico, pronto descubrí que ellas eran capaces de lograr verdaderas maravillas. Había cuatro en el reino y gobernaban a los ciudadanos que habitaban en el norte, sur, este y oeste. Por suerte, las Brujas del Norte y del Sur son buenas y sabía que no me harían ningún daño; pero las Brujas del Este y del Oeste eran seres malvados y, si no hubiesen creído que era más poderoso que ellas, de seguro me habrían destruido. Por lo cual, viví con un miedo mortal hacia ellas por muchos años; así que, se imaginarán cuán complacido estuve cuando me enteré de que tu casa había aplastado a la Bruja Malvada del Este. Cuando acudiste a mí, estaba dispuesto a prometerte el mundo si te deshacías de la otra Bruja, pero ahora que la derretiste, me avergüenza confesar que no puedo cumplir mis promesas.

—Creo que eres un hombre muy malo —le recriminó Dorothy.

—Ah, no, querida; soy un hombre muy bueno, de veras. Pero debo admitir que, como mago, soy muy malo.

—¿No puedes darme sesos? —preguntó el Espantapájaros.

—No lo necesitas. Aprendes todos los días. Los bebés tienen cerebro y no saben mucho. La única fuente de sabiduría es la experiencia y, mientras más tiempo vivas sobre la Tierra, mayor será la experiencia que adquieras.

—Puede que todo eso sea cierto —coincidió el Espantapájaros—, pero seré muy desgraciado a menos que me des algún seso.

El fraudumago lo vio con atención.

—Bueno —suspiró él—, como dije, no seré todo un mago, pero si vienes mañana a la mañana, te encerebraré la cabeza. Pero no puedo enseñarte a usarlo, eso deberás averiguarlo por tu cuenta.

—Ah, ¡gracias, mil gracias! —lo alabó el Espantapájaros— Encontraré la forma de usarlo, no te preocupes.

—Y ¿qué hay de mi coraje? —preguntó el León ansioso.

—Estoy seguro de que estás lleno de coraje —contestó Oz—.

Solo necesitas confiar en ti. No existe ser vivo que no sea presa del miedo cuando se enfrenta al peligro. El verdadero coraje reside en hacerle frente al peligro incluso siendo presa del miedo, y dominas por completo ese tipo de coraje.

—Capaz así lo haga, pero tengo miedo de todas formas —confesó el León—. Seré muy desgraciado a menos que me des el tipo de coraje que le hace a uno olvidar que tiene miedo.

—De acuerdo, te daré de ese coraje mañana —respondió Oz.

—Y ¿qué hay de mi corazón? —preguntó el Leñador de Hojalata.

—Bueno, en cuanto a eso —repuso Oz—, creo que te equivocas al desear corazón. A la mayoría de las personas les trae desgracias. Si tan solo lo supieras, eres afortunado de no tener corazón.

—Debe ser más una cuestión de opiniones —devolvió el Leñador de Hojalata—. Por mi parte, no habrá sarna que me pique si me dieras corazón.

—Muy bien —aceptó Oz dócil—. Ven a verme mañana y tendrás corazón. Actué de mago por tantos años que bien podría seguir en el papel un poco más.

—Ahora bien —dijo Dorothy—, ¿cómo volveré a Kansas?

—Tendremos que pensarlo —contestó el hombrecito—. Dame dos o tres días para considerar el asunto y buscaré la forma de llevarte a través del desierto. En el ínterin, los tratarán como mis invitados y mientras vivan en el palacio, mis trabajadores les servirán y obedecerán hasta el más mínimo deseo. Tan solo les pido apenas una cosa a cambio de mi ayuda: deben guardar mi secreto y no decirle a nadie que soy un embustero.

Aceptaron no decir nada de lo que descubrieron y volvieron animados a sus habitaciones. Hasta Dorothy tenía esperanzas de que el Embustero, el Grande y Terrible, como lo llamaba, encontraría la forma de enviarla de vuelta a Kansas y, si lo lograba, estaba dispuesta a perdonarlo por todo.

A la mañana siguiente, el Espantapájaros les anunció a sus amigos:

—Alégrense por mí. Me voy a ver a Oz para recibir por fin mis sesos. Cuando vuelva, seré como el resto de los humanos.

—Siempre te quise como eres —respondió Dorothy con simpleza.

—Es muy lindo de tu parte que quieras a un Espantapájaros —le devolvió—. Pero de seguro me tendrás más estima cuando escuches las maravillas de pensamientos que mi cerebro escupirá —se despidió de ellos con una voz alegre y fue al salón del trono, cuya puerta golpeteó.

—Adelante —llamó Oz.

El Espantapájaros entró y encontró al hombrecito sentado junto a la ventana, sumido en sus pensamientos.

—Vengo a por mis sesos—aclaró un poco incómodo el Espantapájaros.

—Ah, sí; siéntate en esa silla, por favor —pidió Oz—. Deberás disculparme por quitarte la cabeza, pero tendré que hacerlo para colocar el cerebro en el lugar adecuado.

—No hay ningún problema —lo tranquilizó el Espantapájaros—. Por supuesto que puedes descoserme la cabeza, en tanto y en cuanto sea mejor cuando la recosas.

Así que el mago le desprendió la cabeza y le quitó la paja. Luego, entró a la sala trasera y tomó un jarrón con avispas muertas, al cual le agregó muchas agujas y alfileres. Habiendo agitado todo con brío, rellenó la parte superior de la cabeza del Espantapájaros con la mezcla y rellenó el resto de la cabeza con la paja para que se mantenga en su lugar.

Cuando hubo cosido la cabeza con el cuerpo al Espantapájaros de nuevo, le anunció: «De ahora en adelante serás un ser humano de primera, pues te di un cerebro avispado».

El Espantapájaros estuvo tanto complacido como orgulloso porque se le cumpliera su mayor deseo y, habiéndole agradecido profusamente a Oz, volvió con sus amigos.

Dorothy lo miró con curiosidad. Tenía la coronilla de la cabeza bastante abultada con el cerebro.

—¿Cómo te sientes? —preguntó.

—Sabiondo, a decir verdad —respondió con franqueza—. Una

vez que me acostumbre al cerebro, sabré todo.

—¿Por qué se te asoman agujas y alfileres de la cabeza? —le preguntó el Leñador de Hojalata.

—Es prueba de que tiene ideas filosas —comentó el León.

—Bueno, debo ir con Oz y recibir mi corazón —anunció el Leñador de Hojalata. Así que se fue caminando al salón del trono y tocó la puerta.

—Adelante —llamó Oz, y el Leñador entró y explicó—: Vengo por mi corazón.

—De acuerdo —respondió el hombrecito—. Pero deberé abrirte un agujero en el pecho para que pueda colocar el corazón en el lugar adecuado. Espero que no te duela.

—Ah, no —contestó el Leñador—. No sentiré nada de nada.

De modo que Oz trajo un par de alicates de hojalatero y cortó un agujerito cuadrado en el lado izquierdo del pecho del Leñador de Hojalata. Luego, acercándose a una cajonera, sacó un corazón precioso, hecho por completo de seda y relleno con aserrín.

—¿No es una preciosura? —preguntó.

—¡Sí que lo es! —respondió muy complacido el Leñador—. Pero ¿es un corazón bondadoso?

—Ah, ¡bastante! —le aseguró Oz. Le puso el corazón en el pecho al Leñador y luego reemplazó el cuadradito de hojalata y lo soldó prolijo todo justo donde lo había cortado.

—Ya está —concluyó él—, ahora tienes un corazón del que cualquier humano se enorgullecería. Lamento haber tenido que parcharte el pecho, pero no podía evitarse.

—No te preocupes por el parche —lo tranquilizó el Leñador alegre—. Te estoy muy agradecido y nunca olvidaré tu gentileza.

—Ni lo menciones —contestó Oz.

Luego, el Leñador de Hojalata volvió con sus amigos, quienes le desearon todas las alegrías en el mundo por su buena fortuna.

Ahora fue el León quien se dirigió al salón del trono y tocó la puerta.

—Adelante —llamó Oz.

—Vengo por mi coraje —aclaró el León al entrar en el salón.

—De acuerdo —contestó el hombrecito—, lo traeré para ti.

Fue a un armario y, alcanzando un estante elevado, sacó una botella verde cuadrada, cuyo contenido vertió en un plato dorado verdoso, bellamente tallado. Lo colocó frente al León Cobarde, quien lo olfateó como si no le gustara, y el mago lo alentó:

—Bebe.

—¿Qué es? —preguntó el León.

—Verás —explicó Oz—, si estuviera dentro tuyo, sería coraje. Por supuesto que sabes que el coraje siempre está dentro de uno; así que no podemos llamar a este brebaje coraje a menos que lo bebas. Por lo que te recomiendo beberlo lo antes posible.

El León apartó las dudas y bebió hasta secar el plato.

—¿Cómo te sientes ahora? —quiso saber Oz.

—Lleno de coraje —respondió el León, quien volvió lleno de alegría con sus amigos para contarles las buenas nuevas.

Oz, solo, sonrió al pensar en el éxito que alcanzó al darle al Espantapájaros y al Leñador de Hojalata y al León justo lo que creían querer. Se preguntó: «¿Cómo puedo evitar ser un embustero si todas estas personas me piden hacer cosas que todo el mundo sabe que no se pueden lograr? Fue fácil alegrarlos al Espantapájaros, al León y al Leñador porque creían que podía hacer cualquier cosa. Pero necesitaré más que imaginación para enviar a Dorothy de vuelta a Kansas y solo sé que no sé cómo hacerlo».

Por tres días, Dorothy no supo nada de Oz. Fueron días tristes para la niña, aunque sus amigos estaban todos bastante alegres y satisfechos. El Espantapájaros les decía que albergaba pensamientos maravillosos en la cabeza, pero no se los explicaba porque sabía que nadie, salvo él, los comprendería. Cuando el Leñador de Hojalata caminaba, sentía al corazón dar brincos en el pecho y le comentó a Dorothy que sentía que este corazón era más bondadoso y cariñoso que el que supo tener cuando era de carne y hueso. El León afirmaba que no había nada en la Tierra que le infundiera temor y que con gusto se enfrentaría a un ejército o a una docena de los feroces kalidahs.

Por lo que cada uno de los miembros del grupito estaba satisfecho, excepto Dorothy, quien deseaba más que nunca volver a Kansas.

Al cuarto día y para su alegría, Oz la llamó y, cuando entró al salón del trono, la saludó gustosamente:

—Siéntate, mi niña. Creo haber encontrado la manera de sacarte de estas tierras.

—¿Y volver a Kansas? —preguntó deseosa la niña.

—Bueno, no estoy tan seguro sobre esa parte —admitió Oz—, pues no tengo ni idea de en qué dirección se encuentra. Pero lo primero que hay que hacer es atravesar el desierto y luego debería ser fácil averiguar hacia dónde queda tu hogar.

—¿Cómo puedo atravesar el desierto? —quiso saber ella.

—Bueno, te diré lo que creo —empezó el hombrecito—. Verás, cuando llegué a estas tierras, fue en globo. Tú también llegaste desde el aire, de la mano de un huracán. Entonces, creo que el mejor camino para atravesar el desierto es por el aire. Ahora bien, no tengo el poder de conjurar un huracán, pero le estuve dando vueltas al asunto y creo que lo que sí puedo hacer es un globo aerostático.

—¿Cómo? —preguntó Dorothy.

—Los globos aerostáticos —explicó Oz— están hechos con seda y revestidos con cola para evitar que el propano se escape. Tengo seda de sobra en el palacio, por lo que no sería ningún problema coser un globo. Pero no hay en todo el país propano con el que llenar el globo y hacerlo flotar.

—Si no flota —intervino Dorothy—, no nos servirá de nada.

—Cierto —concedió Oz—. Pero hay otra manera con la que podemos hacerlo flotar y es llenándolo con aire caliente. No es tan bueno como el propano porque, si se enfría, el globo perdería altitud en el desierto y estaríamos perdidos.

—¡Estaríamos! —exclamó la niña— ¿Vendrás conmigo?

—Por supuesto que sí —respondió Oz—. Estoy harto de ser un embustero. Si saliera del palacio, mis ciudadanos descubrirían en seguida que no soy mago y entonces se molestarían conmigo por haberlos engañado. Por lo que debo encerrarme en estos salones todo el día y es agotador. Prefiero volver contigo a Kansas y trabajar de nuevo en el circo.

—Sería muy feliz de que me acompañaras —le dijo Dorothy.

—Gracias —continuó Oz—. Ahora bien, si me ayudaras a coser la seda, pronto confeccionaremos nuestro globo.

De modo que Dorothy tomó aguja e hilo y, con la misma velocidad a la que Oz cortaba las tiras de seda con la forma adecuada, las fue cosiendo y uniendo con prolijidad. Primero, fue una tira de seda verde claro; luego, una tira de verde oscuro; y luego, una tira de verde esmeralda; pues Oz tenía la intención de fabricar el globo con los distintos tonos del color que los rodeaban. Les llevó tres días coser todas las tiras, pero cuando hubieron terminado, habían confeccionado un globo de más de seis metros de largo con la seda verde.

Luego, Oz recubrió el interior con una capa de cola diluida para que el aire no se escape, después de lo cual anunció que el globo estaba listo.

—Pero necesitamos una canasta desde donde pilotear —comentó Oz. Por lo que envió al soldado con bigotes verdes a buscar un cesto grande de ropa, el cual unió con muchas sogas a la base del globo.

Cuando estuvo todo alistado, Oz le hizo saber a sus ciudadanos que visitaría a un mago hermano mayor que vivía en las nubes. La noticia se esparció con rapidez por la ciudad y todos acudieron a presenciar el acto maravilloso.

Oz ordenó que sacaran el globo y lo llevaran al frente del palacio y los ciudadanos lo contemplaron envueltos por la curiosidad. El Leñador de Hojalata había talado un gran montón de leña y armó un fuego con ella, y Oz sostuvo la base del globo sobre el fuego para que el aire caliente que emergiera fuera aprisionado en la bolsa de seda. Poco a poco, el globo se fue hinchando y elevando en el aire, hasta que al final el cesto apenas tocaba el suelo.

Luego, Oz se subió al cesto y les anunció en voz alta a sus ciudadanos:

—Me estoy yendo a hacer una visita ahora. Mientras no esté, será el Espantapájaros quien gobierne la ciudad. Les encomiendo que le obedezcan, así como me obedecieron a mí.

Para ese momento, el globo tiraba con ímpetu de la soga que lo aferraba al suelo porque el aire dentro suyo estaba caliente y lo hacía mucho más liviano que el aire fuera suyo; tanto que tiraba con fuerza para subir por los aires.

—¡Vamos, Dorothy! —llamó el mago—. Apúrate o el globo se irá volando.

—No puedo encontrar a Toto por ninguna parte —contestó Dorothy, quien no quería abandonar a su perrito. Toto se había metido en la multitud para ladrarle a un gatito y por fin Dorothy lo encontró. Lo tomó y se fue corriendo hacia el globo.

Dorothy estaba tan solo a unos pasos de distancia y Oz tenía el brazo extendido para ayudarla a entrar al cesto, cuando ¡crac!: las sogas se cortaron y el globo subió por los aires sin ella.

—¡Vuelve! —gritó la niña— ¡Yo también quiero ir!

—No puedo bajar, mi niña —exclamó Oz desde el cesto—. ¡Adiós!

—¡Adiós! —se despidieron todos y subieron la mirada a donde el mago montaba en el cesto, quien se iba elevando y alejando cada vez más por el cielo.

Aquella fue la última vez que cualquiera de ellos vio a Oz, el Mago Maravilloso. Quizás haya vuelto seguro a Omaha y quizás esté allí ahora. Su pueblo, empero, lo recordó con cariño y se decían el uno al otro:

—Oz siempre fue nuestro amigo. Cuando estaba entre nosotros, nos construyó esta Ciudad Esmeralda hermosa y ahora se fue y nos dejó en manos del gobierno del Espantapájaros sabio.

De todas maneras, lloraron muchos días la partida de su maravilloso mago y no hallaban consuelo.

Dorothy derramó lágrimas amargas por haber perdido la esperanza de volver a su hogar en Kansas; pero, una vez que le hubo dado vueltas al asunto, estuvo agradecida de no haberse ido en un globo. Además, se sintió muy apenada por separarse de Oz y así también se sintieron sus compañeros.

El Leñador de Hojalata se le acercó y le pidió:

—De veras sería desagradecido si no llorara la pérdida del hombre que me proveyó de un corazón sensible. Quisiera llorar un poco su partida; si pudieras, ¿me secarías las lágrimas? Así no me oxidaré.

—Sería un placer —le contestó y buscó sin demora una toalla. El Leñador de Hojalata lloró durante varios minutos y ella veía con atención las lágrimas y se las secaba con la toalla. Cuando hubo acabado, le agradeció cariñosamente y se lubricó con cuidado usando su aceitera engastada de joyas para prevenir cualquier mal.

Ahora era el Espantapájaros quien gobernaba la ciudad y, a pesar de no ser mago, el pueblo se enorgullecía de él. «Pues», decían, «no hay en todo el mundo otra ciudad gobernada por un hombre de paja». Hasta donde sabían, estaban bastante en lo cierto.

A la mañana siguiente a la que el globo se llevó a Oz, los cuatro amigos se reunieron en el salón del trono y discutieron el asunto. El Espantapájaros se sentó en el gran trono y los demás se quedaron parados frente a él con respeto.

—No somos tan desafortunados —dijo el nuevo gobernante—, pues este palacio en la Ciudad Esmeralda nos pertenece y podemos hacer cuanto nos plazca. Cuando pienso que poco tiempo atrás estaba atado a un poste en el campo de maíz de un granjero y que ahora gobierno esta ciudad hermosa, me siento bastante satisfecho con mi suerte.

—Yo también —agregó el Leñador de Hojalata— me siento pleno con mi corazón nuevo y, en efecto, era lo único que quería en el mundo.

—En cuanto a mí, me alegra saber que soy tan corajudo como cualquier otra bestia que haya caminado sobre la faz de la tierra, o aún más —añadió el León con modestia.

—Si tan solo Dorothy se alegrara de vivir en la Ciudad Esmeralda —prosiguió el Espantapájaros—, seríamos todos felices.

—Pero no quiero vivir aquí —lloró ella—. Quiero volver a Kansas y vivir con mi tía Em y tío Henry.

—Bien, entonces, ¿qué podemos hacer? —preguntó el Leñador.

El Espantapájaros se puso pensamientos a la obra y pensó con tantas fuerzas que las agujas y alfileres empezaron a asomársele por la cabeza. Al final propuso:

—Y ¿si llamas a los monos alados y les pides que te lleven a través del desierto?

—¡No lo había pensado nunca! —exclamó Dorothy con alegría—. Es justo lo que necesito. Ahora mismo voy por el sombrero dorado.

Cuando volvió al salón del trono con el sombrero, pronunció las palabras mágicas y pronto los monos alados entraron volando en bandada por la ventana abierta y se quedaron parados junto a ella.

—Nos invoca por segunda vez —anunció el rey mono y le hizo una reverencia a la niña—, ¿qué desea?

—Quiero que vuelen conmigo a Kansas —pidió Dorothy.

No obstante, el rey mono negó con la cabeza.

—No podemos hacerlo —aclaró el rey—. Pertenecemos únicamente a estas tierras y no podemos dejarlas. Hasta ahora nunca hubo un mono alado en Kansas y calculo que nunca lo habrá, porque no pertenecen a ese lugar. Nos encantaría servirle en alguna manera que podamos, pero no podemos atravesar el desierto. Adiós.

Y con otra reverencia, el rey mono extendió las alas y se fue volando por la ventana, seguido de su séquito.

Dorothy estaba lista para llorar decepcionada.

—Gasté un deseo del sombrero dorado para nada —se lamentó—, porque los monos alados no pueden ayudarme.

—Es verdad, ¡qué mal! —se apiadó el Leñador de gran corazón.

El Espantapájaros estaba pensando de nuevo y la cabeza se le hinchó de una manera tan horrenda que Dorothy temía explotara.

—Llamemos al soldado con bigotes verdes —sugirió él— y le pidamos su consejo.

De modo que lo llamaron y el soldado entró tímido al salón del trono porque, mientras Oz lo habitaba, nunca tuvo permiso de ir más allá de la puerta.

—La niña —le explicó el Espantapájaros al soldado— desea cruzar el desierto. ¿Cómo puede lograrlo?

—No sabría decirlo —respondió el soldado—, pues nadie vivió para atravesarlo, salvo que hablemos de Oz.

—¿Nadie puede ayudarme? —deseó saber Dorothy.

—Quizás Glinda pueda —recomendó el soldado.

—¿Quién es Glinda? —preguntó el Espantapájaros.

—La Bruja del Sur. Es la más poderosa de todas y gobierna en el país de los quadlings. Además, su castillo está construido al borde del desierto, por lo que capaz sepa de alguna manera de atravesarlo.

—Glinda es una Bruja Buena, ¿no? —preguntó la niña.

—Los quadlings la consideran buena —contestó el soldado— y es buena con todo el mundo. Escuché que Glinda es hermosa y que sabe cómo mantenerse joven sin importar todos los años que lleva vividos.

—¿Cómo puedo llegar a su castillo? —quiso saber Dorothy.

—Hay un camino derecho hacia el sur —respondió el soldado—, pero dicen que es peligroso para los caminantes. Hay fieras salvajes en el bosque y una tribu de personas exóticas a la que no le gusta que atraviesen sus tierras. Por esa razón, no hay quadling que haya venido a la Ciudad Esmeralda.

El soldado los dejó y el Espantapájaros concluyó:

—Parece ser que, a pesar de los peligros que corre, lo más sensato que Dorothy puede hacer es viajar al País del Sur y pedirle a Glinda que la ayude, dado que, por supuesto, si se queda aquí, no volverá nunca a Kansas.

—Debes de haber estado pensando de nuevo —comentó el Leñador de Hojalata.

—En efecto —confirmó el Espantapájaros.

—Iré con Dorothy —se ofreció el León— porque estoy harto de la ciudad y extraño el bosque y la intemperie de nuevo. Saben que soy más bien una bestia salvaje. Aparte, Dorothy necesita que la protejan.

—Cierto —coincidió el Leñador—. Mi hacha puede serle de utilidad, por lo que también la acompañaré al País del Sur.

—¿Cuándo partimos? —preguntó el Espantapájaros.

—¿Vienes? —se sorprendieron todos.

—Por supuesto. Si no fuera por Dorothy, nunca habría obtenido mis sesos. Fue ella quien me desató del poste en el campo de maíz y quien me trajo a la Ciudad Esmeralda. Por lo que le debo toda mi buena suerte a ella y no pienso dejarla atrás hasta que no haya vuelto a Kansas de una vez por todas.

—Gracias —le agradeció Dorothy—. Son todos muy buenos conmigo. Pero me gustaría partir cuanto antes.

—Mañana a la mañana nos iremos —tomó la decisión el Espantapájaros—. Así que preparémonos, porque será un viaje largo.

A la mañana siguiente, Dorothy se despidió de la linda niña verde con un beso y todos le estrecharon la mano al soldado con bigotes verdes, quien los acompañó hasta la puerta. Cuando el guardián de la puerta los vio de nuevo, quedó incrédulo porque abandonaran la ciudad hermosa en búsqueda de nuevos problemas. No obstante, al instante les destrabó los anteojos, los cuales guardó de nuevo en la caja verde, y les deseó que toda la suerte del mundo los acompañara.

—Ahora gobiernas nuestra ciudad —le advirtió al Espantapájaros—, por lo que debes volver con nosotros en cuanto antes.

—Por descontado que lo haré si puedo —contestó el Espantapájaros—, pero primero debo ayudar a Dorothy a volver a su hogar.

Mientras Dorothy se despedía por última vez del guardián amable, le explicó:

—Me trataron con mucho cariño en su ciudad hermosa y todos fueron muy buenos conmigo. No puedo explicar cuán agradecida estoy.

—Ni lo intentes, corazón —le respondió él—. Nos encantaría que te quedaras con nosotros, pero si tu deseo es volver a Kansas, espero que encuentres el camino. —Luego les abrió la puerta del muro exterior, lo atravesaron y emprendieron camino.

El sol brillaba con fuerza a medida que avanzaban en dirección del País del Sur. Estaban todos de muy buen humor y se reían y parloteaban. Dorothy sentía una vez más la esperanza de volver a su hogar y el Espantapájaros y el Leñador de Hojalata estaban alegres por serle de utilidad. En cuanto al León, se deleitaba al inhalar el aire fresco y meneaba la cola de un lado al otro por la alegría de haber vuelto a la naturaleza; mientras que Toto correteaba en rededor cazando polillas y mariposas y dando ladridos de alegría todo el tiempo.

—No me sienta para nada la vida de ciudad —comentó el León mientras avanzaban por el camino a buen ritmo—. He perdido mucho músculo desde que me fui a vivir allá y ahora estoy deseoso de tener la oportunidad de demostrarles a las otras bestias cuánto coraje tengo dentro.

Giraron la cabeza y echaron un último vistazo a la Ciudad Esmeralda. Todo cuanto podían ver era un cúmulo de torres y torreones detrás de los muros verdes y, muy por encima de todo, las agujas y cúpula del palacio de Oz.

—Después de todo, Oz no resultó ser mal mago—comentó el Leñador de Hojalata mientras sentía el corazón darle brincos en el pecho.

—Supo cómo darme sesos, y uno muy bueno a decir verdad también —agregó el Espantapájaros.

—Si Oz hubiera tomado del mismo coraje que me dio —añadió el León—, habría sido muy valiente.

Dorothy no dijo nada. Oz no le cumplió su parte de la promesa, pero hizo todo lo que pudo, así que lo perdonó. Tal como había dicho, era un buen hombre, incluso para ser un mal mago.

El primer día de viaje fue por los campos verdes y las flores brillantes que crecían en todas las direcciones alrededor de la Ciudad Esmeralda. Durmieron esa noche sobre el césped, cubiertos solo con el manto de estrellas en el cielo, y descansaron muy bien.

Durante la mañana viajaron hasta toparse con un bosque tupido. No había forma de rodearlo, porque parecía extenderse de izquierda a derecha hasta donde les alcanzaba la vista; además, no se atrevían a cambiar de rumbo por miedo de perderse. Por lo que buscaron el lugar por donde sería más fácil entrar en el bosque.

El Espantapájaros, quien dirigía, terminó encontrando un árbol grande cuyas ramas se desplegaban tanto que hacían lugar para que los caminantes pasaran por debajo. De modo que caminó hacia el árbol, pero, justo cuando entraba al espacio debajo de las ramas, se doblaron y lo atraparon. Acto seguido, lo elevaron por los aires y lo tiraron de cabeza hasta sus compañeros caminantes.

No se lastimó el Espantapájaros, pero sí se sorprendió y parecía confundido cuando Dorothy lo levantó.

—Aquí hay otro espacio entre los árboles —avisó el León.

—Déjenme intentarlo primero —pidió el Espantapájaros—, porque no me duele que me tiren por el aire. —Se acercó al otro árbol mientras hablaba, pero las ramas lo tomaron de inmediato y volvieron a arrojarlo.

—¡Qué raro! —se extrañó Dorothy—. ¿Qué haremos?

—Parece que los árboles se decidieron a plantarnos batalla y evitar que viajemos —explicó el León.

—Creo que ahora lo intentaré yo —ofreció el Leñador y, hacha en mano, marchó hasta el primer árbol, el que lo trató con tanta rudeza al Espantapájaros. Cuando una rama grande se dobló para atraparlo, el Leñador la hachó con tanta fiereza que la cortó en dos. El árbol empezó en el acto a sacudir todas las ramas como si adolorido y el Leñador de Hojalata caminó por debajo con seguridad.

—¡Vengan! —llamó a sus amigos—. ¡Rápido! —Corrieron y pasaron por debajo del árbol sin sufrir ninguna herida, salvo Toto, a quien una ramita atrapó y sacudió hasta que aulló. El Leñador, empero, la cortó rápido y liberó al perrito.

Los demás árboles del bosque no hicieron nada para ahuyentarlos, por lo que dedujeron que tan solo la primera hilera de árboles podía doblar las ramas y que debían de ser los policías del bosque, a los que les dieron este poder maravilloso para mantener a los extranjeros fuera.

Los cuatro caminaron con facilidad por entre los árboles hasta llegar al extremo opuesto del bosque. Entonces, para su sorpresa, se encontraron con un muro elevado que parecía ser de porcelana blanca. Tenía la superficie lisa, como un plato, y se elevaba por encima de las cabezas.

—¿Qué haremos ahora? —preguntó Dorothy.

—Fabricaré una escalera —se ofreció el Leñador de Hojalata— porque está claro que debemos trepar el muro.

Mientras el Leñador fabricaba la escalera con madera que sacó del bosque, Dorothy se recostó y durmió, pues se había cansado con la caminata larga. También se acurrucó el León para dormir y Toto se acostó junto a él.

El Espantapájaros observaba al Leñador trabajar y le preguntó:

—¿Por qué estará este muro aquí?, ¿de qué está hecho? No puedo pensarlo.

—Deja al cerebro descansar y no te preocupes por el muro —lo tranquilizó el Leñador—. Cuando la hayamos trepado, sabremos qué hay del otro lado.

Pasado un tiempo, la escalera estaba terminada. Se veía enclenque, pero el Leñador de Hojalata estaba seguro de que era robusta y de que serviría su propósito. El Espantapájaros despertó a Dorothy y al León y a Toto y les avisó que la escalera estaba terminada. Primero la escaló el Espantapájaros, pero era tan torpe que Dorothy tuvo que seguirlo de cerca para evitar que se cayera. Cuando asomó la cabeza sobre el muro, lanzó un: «Pero ¿qué?».

—Sigue subiendo —le pidió Dorothy.

Así que el Espantapájaros terminó de escalar y se sentó sobre el muro y Dorothy asomó la cabeza sobre el muro y soltó otro: «Pero ¿qué?», tal como hizo el Espantapájaros.

Luego subió Toto y empezó a ladrar de inmediato, pero Dorothy lo tranquilizó.

Subió luego el León la escalera y el Leñador de Hojalata fue el último, ambos lanzaron un: «Pero ¿qué?», al asomar la cabeza sobre el muro. Cuando estuvieron todos sentados en fila sobre el muro, miraron abajo y presenciaron un escenario insólito.

Ante ellos se extendía un gran pueblo cuyo suelo era igual de liso y brillante y blanco como la superficie de una fuente de cocina. Esparcidas por allí y por allá, había varias casas de porcelana pintadas de colores vivos. Eran chicas, la más grande le llegaba a Dorothy apenas hasta la cintura. También había lindos graneros pequeños, con vallas de porcelana alrededor, y muchas vacas y ovejas y caballos y cerdos y gallinas, hechos todos de porcelana, agrupados.

No obstante, lo más insólito de todo eran los habitantes de este pueblo particular. Había lecheras y pastoras con corsés de colores vivos y vestidos con manchas doradas. Había princesas con vestidos ornados plateados y dorados y púrpuras. Había pastores con calzas rayadas rosas y amarillas y azules que llegaban hasta la rodilla y con broches dorados en los zapatos. Había príncipes con coronas enjoyadas en la cabeza y con capas de armiño y jubones de satén. Había bufones exóticos con atuendos con volantes, con manchas rojas en las mejillas y con sombreros puntiagudos. Más insólito aún, todas las personas eran de porcelana, incluso sus ropas, y eran tan bajos que el mayor de todos no superaba la rodilla de Dorothy.

Al principio, ninguno hizo mucho salvo ver a los viajantes, excepto un perrito de porcelana púrpura con una cabezota, que fue hasta el muro, les profirió unos ladriditos y se alejó corriendo de vuelta.

—¿Cómo bajaremos? —preguntó Dorothy.

Vieron que la escalera era muy pesada y no podían levantarla, por lo que el Espantapájaros saltó del muro y el resto saltó sobre él para que la caída sobre el suelo duro no les lastimara los pies. Por supuesto, tomaron todas las precauciones para no aterrizar sobre la cabeza y clavarse las agujas en los pies. Cuando todos hubieron bajado, levantaron al Espantapájaros, cuyo cuerpo estaba bastante aplastado y lo devolvieron la forma a la paja con unas palmaditas.

—Hay que atravesar este lugar raro para llegar al otro lado —explicó Dorothy—, pues sería incauto que nos desviáramos de nuestro camino al sur.

Empezaron a caminar a través del país de los ciudadanos de porcelana y lo primero con lo que se toparon fue una lechera de porcelana ordeñando una vaca de porcelana. Cuando se acercaron, la vaca dio una patada repentina y golpeó el banco y el balde e incluso a la lechera y se cayó sobre el suelo de porcelana dando un crac sonoro.

Dorothy se sorprendió al ver que a la vaca se le había roto la pierna y que el balde se había hecho trizas, mientras que la pobre lechera tenía una grieta en el codo izquierdo.

—¡Ya está! —exclamó enojada la lechera—. ¡Miren lo que hicieron! Mi vaca se rompió la pierna y debo llevarla a que se la peguen de nuevo. ¿Para qué irrumpen aquí y espantan mi vaca?

—Lo siento mucho —se disculpó Dorothy—. Por favor, perdónenos.

Sin embargo, la lechera bonita estaba demasiado molesta como para emitir una respuesta. Recogió malhumorada la pierna y se alejó con su pobre vaca, que cojeaba sobre las tres piernas. A medida que se iba, les lanzaba por encima del hombro miradas cargadas de reproche a los extranjeros torpes y mantenía el codo agrietado pegado al costado.

Dorothy se apenó bastante por este pequeño infortunio.

—Hay que ser muy cuidadosos aquí —advirtió el Leñador bondadoso— o podemos llegar a herir a estas personitas adorables y nunca lo superarán.

Un poco más adelante, Dorothy se topó con una joven princesa hermosamente vestida, quien se detuvo en seco al ver a los extranjeros y salió corriendo.

Dorothy quería ver más a la princesa, así que la persiguió. La joven de porcelana, empero, exclamó:

—¡No me persiga!, ¡no me persiga!

Salía de la princesa una vocecita cargada de tanto miedo que Dorothy se detuvo y le preguntó: «¿Por qué no?».

—Porque —explicó la princesa, también detenida, pero a una distancia segura—, si corro, puedo tropezarme y romperme.

—¿Pero no pueden pegarte? —preguntó la niña.

—Pues sí, pero verás, nadie conserva la misma belleza una vez que se rompe —explicó la princesa.

—Calculo que no —entendió Dorothy.

—Por ejemplo, está don Chistón, uno de nuestros bufones —prosiguió la doncella de porcelana—, quien siempre está intentando pararse sobre la cabeza. Se rompió tantas veces que tiene pegamento en cientos de lugares y no tiene un ápice de belleza. Ahí está viniendo, así podrán verlo por ustedes mismos.

En efecto, un bufoncito alegre se acercó caminando y Dorothy pudo ver que, en vez de sus atuendos lindos de rojo y amarillo y verde, tenía el cuerpo cubierto entero de grietas que lo atravesaban en todas las direcciones y que dejaban en evidencia que lo habían pegado en varios lugares.

El bufón se llevó las manos a los bolsillos, y después de inflar los cachetes y asentirles con picardía la cabeza, recitó en verso:

Princesa honesta,
¿por qué observa la testa
del pobre don Chistón
con tanta desazón?
Es rígida y estirada
como si se hubiera tragado un gran bastón.

—¡Cierre la boca, señor! —ordenó la princesa— ¿Qué no ve que son extranjeros y merecen ser tratados con respeto?

—Bueno, es respeto lo que espeto —recitó el bufón y de inmediato se paró sobre la cabeza.

—No se molesten con don Chistón —le tranquilizó la princesa a Dorothy—. Se rompió la cabeza muchas veces y por eso perdió muchos tornillos.

—Oh, no me molesta en lo más mínimo —aseguró Dorothy—. Pero usted es tan preciosa —continuó— que estoy segura de que podría amarla con locura. ¿No me dejaría llevarla a Kansas y dejarla sobre la repisa de mi tía Em? Podría llevarla en mi canasta.

—Me haría muy desgraciada —contestó la princesa de porcelana—. Verá, en nuestro país llevamos vidas plenas y podemos hablar y movernos como nos plazca. Pero en cuanto se llevan a uno de nosotros, en ese mismo instante se le rigidizan las articulaciones y tan solo puede estar parado y verse bonito. Por supuesto, es lo único que se espera de nosotros cuando estamos sobre repisas o en gabinetes o en mesas de salas de estar; pero disfrutamos de nuestras vidas mucho más cuando estamos en nuestro propio pueblo.

—¡No la haría desgraciada por nada en el mundo! —exclamó Dorothy—. Por lo que solo me limitaré a decirle adiós.

—Adiós —devolvió la princesa.

Caminaron con cuidado por el país de porcelana. Los animalitos y las personitas se alejaban de su camino temiendo que los extranjeros los rompieran y, pasada alrededor de una hora, los caminantes llegaron al otro lado del país y se toparon con otro muro de porcelana.

No obstante, no era tan elevado como el primero y, parándose sobre el lomo del León, todos lograron escalar hasta la cima. Luego, el León se agazapó y se estiró dando un saltazo sobre el muro, pero, justo cuando saltaba, volcó una iglesia con la cola y la rompió en pedazos.

—Qué pena —se lamentó Dorothy—, pero creo que fuimos afortunados de no causarle ningún daño a este pueblito, salvo por la pierna de la vaca y la iglesia. ¡Son muy frágiles!

—Sí que lo son —agregó el Espantapájaros— y agradezco estar hecho de paja y no poder lastimarme con facilidad. Hay cosas peores en la vida que ser un espantapájaros.

# CAPÍTULO XXI — PROCLAMAN AL LEÓN EL REY DE LAS FIERAS

Luego de haber descendido del muro de porcelana, los caminantes se encontraron en un bosque desagradable, lleno de lodazales y pantanos cubiertos con pastos altos y tupidos. Era difícil caminar sin caerse en los pozos de barro, pues los pastos crecían tan densamente que los ocultaban de la vista. Sin embargo, al elegir con cuidado dónde pisar, avanzaron seguros hasta llegar a tierra firme. No obstante, aquí el bosque se veía más salvaje que nunca y, tras una caminata larga y agotadora por entre los matorrales, entraron en otro bosque, donde los árboles eran más grandes y antiguos que cualquiera que hubieran visto antes.

—Qué perfecto es este bosque —indicó el León mirando alrededor—. Nunca había visto un lugar más deleitoso.

—Se ve tenebroso —contradijo el Espantapájaros.

—En absoluto —repuso el León—. Me gustaría pasar toda mi vida aquí. Siente la suavidad de las hojas secas bajo los pies y mira cuán abundante y verde es el musgo que crece de estos árboles viejos. De seguro no hay bestia que pudiera desear un hogar más placentero.

—Quizás haya bestias salvajes en el bosque ahora —agregó Dorothy.

—Calculo que debe haber —respondió el León—, pero no las veo por ninguna parte.

Atravesaron caminando el bosque hasta que se volvió demasiado oscuro como para seguir avanzando. Dorothy, Toto y el León se acostaron a dormir, mientras que el Leñador y el Espantapájaros hacían la guardia como de costumbre.

Cuando la mañana hubo llegado, emprendieron de nuevo el viaje. Antes de haber avanzado mucho, oyeron un rumor bajo, como las voces de muchos animales salvajes. Toto lloriqueó un poco, pero ninguno de los demás sintió temor y siguieron por el camino bien marcado hasta llegar a un claro del bosque, en donde se habían reunido cientos de bestias de todas las variedades. Había tigres y elefantes, osos y lobos, zorros y todas las otras especies en la historia de la naturaleza y, por un momento, Dorothy sintió miedo. El León, empero, les explicó que los animales estaban en reunión y, juzgando los rugidos y bufidos, tenían un problema serio.

Mientras hablaba, varias de las bestias lo vieron de repente y, como si por obra de magia fuera, la manada enmudeció. El tigre más grande de todos se le acercó al León y le hizo una reverencia mientras le daba la bienvenida:

—¡Bienvenido sea, Rey de las Fieras! Llega en buen momento para enfrentar a nuestro gran enemigo y devolvernos la paz a todos los animales del bosque una vez más.

—¿Cuál es el problema? —preguntó tranquilo el León.

—Hay un enemigo feroz —le contestó el tigre— que viene seguido al bosque y nos amenaza. Es un monstruo de lo más terrible, como una araña gigantesca con un cuerpo tan grande como el de un elefante y con patas tan largas como el tronco de un árbol. Tiene ocho de estas patas largas y, a medida que se arrastra por el bosque, toma a un animal con una de las patas y se lo lleva a la boca, donde lo devora como una araña devora una mosca. Ninguno de nosotros está a salvo en tanto y en cuanto esta criatura feroz viva y hemos decidido convocar esta reunión para decidir cómo protegernos hasta que llegaste.

El León pensó por un momento.

—¿Hay más leones en el bosque? —quiso saber.

—Ninguno; había algunos, pero la bestia los devoró. Además, ninguno era tan grande y corajudo como lo es usted.

—Si acabara con su enemigo, ¿se inclinarían ante mí y me obedecerían como Rey del Bosque? —quiso saber el León.

—Con mucho gusto —respondió el tigre y todas las otras bestias profirieron un gran rugido y coincidieron—: ¡Sí!

—¿Dónde se encuentra esta araña gigante de la que me cuentas? —preguntó el León.

—Por allá, entre los robles —indicó el tigre y señaló con la pata delantera.

—Cuiden bien a mis amigos —ordenó el León— e iré de inmediato a pelear al monstruo.

Se despidió de sus amigos y marchó con orgullo para plantarle batalla al enemigo.

La araña gigante estaba acostada dormida cuando el León la encontró y era tan fea que su némesis frunció el hocico con desagrado. Tenía las patas casi tan largas como el tigre las había descrito y el cuerpo cubierto de pelo grueso y negro. La boca era grande y con una hilera de dientes filosos de treinta centímetros, pero la cabeza se unía al cuerpo regordete con un cuello tan fino como la cintura de una avispa. Fue esto lo que le dio una pista al León sobre cuál sería la mejor forma de atacar a la criatura y, sabiendo que sería más fácil atacarla mientras dormía, dio un saltazo y aterrizó justo sobre la espalda del monstruo. Luego, le separó la cabeza del cuello a la araña con un zarpazo pesado de la pata delantera, armada con las garras filosas. Se bajó y la observó hasta que las patas largas dejaron de sacudirse, en ese momento supo que estaba muerta para bien.

El León volvió al claro donde las bestias del bosque lo esperaban y les anunció lleno de orgullo:

—Ya no es necesario que le teman al enemigo.

Las bestias le hicieron una reverencia profunda al León, su rey, y él les prometió que volvería y reinaría en cuanto Dorothy estuviera de vuelta camino a Kansas.

# CAPÍTULO XXII — EL PAÍS DE LOS QUADLINGS

Los cuatro caminantes atravesaron el resto del bosque seguros y, cuando salieron de la penumbra, vieron ante ellos una colina empinada cubierta desde la cima hasta la base de grandes rocas.

—Será una subida dura —supuso el Espantapájaros—, pero de todas maneras debemos superar esta colina.

Por lo que tomó la delantera y los demás lo siguieron. Apenas habían alcanzado a la primera roca cuando oyeron un grito rasposo ordenarles: «¡Vuélvanse!».

—¿Quién eres? —preguntó el Espantapájaros.

Luego, apareció una cabeza por encima de la roca y con la misma voz aclaró: «Esta colina es nuestra y no permitimos que nadie cruce».

—Pero debemos cruzarla —explicó el Espantapájaros—. Vamos de camino al país de los quadlings.

—Pero no lo harán —repuso la cabeza y de atrás de la roca salió el hombre más extraño que los caminantes jamás habían visto.

Era bastante bajo y robusto y con una cabeza enorme, cuya coronilla era plana y que estaba sostenida por un cuello grueso cubierto de arrugas. No tenía brazos, empero, y al verlo, el Espantapájaros no temió que una criatura así pudiera evitar que atravesara la colina. Por lo que le comunicó: «Perdón por no hacer lo que deseas, pero debemos atravesar la colina, quieras o no», y avanzó con valentía.

Con la velocidad de un rayo, la cabeza del hombre salió disparada y el cuello se estiró hasta que la coronilla, donde era plana, golpeó al Espantapájaros en el centro y lo hizo caer de un tumbo por la colina. Casi con la misma velocidad con la que había salido, la cabeza volvió al cuerpo y el hombre se rio con sorna diciendo: «¡No es tan fácil como crees!».

Un coro de risas sonoras se escuchó detrás de las demás rocas y Dorothy vio cientos de testaduros sin brazos por la colina, uno detrás de cada roca.

El León se enojó bastante por la risa que les dio el accidente del Espantapájaros y, dando un rugido fuerte que retumbó como un trueno, se apuró a subir la colina.

De nuevo, una cabeza salió disparada a toda velocidad y el León enorme bajó rodando la colina como si le hubieran dado con una bala de cañón.

Dorothy se fue corriendo para ayudar al Espantapájaros a pararse sobre los pies, el León se le acercó sintiéndose magullado y adolorido y dijo: «Es inútil pelear contra cabezas voladoras, nadie puede hacerles frente».

—¿Qué podemos hacer entonces? —preguntó Dorothy.

—Invoca a los monos alados —sugirió el Leñador de Hojalata—. Todavía tienes el derecho a darles una orden más.

—Muy bien —respondió Dorothy y, poniéndose el sombrero dorado, pronunció las palabras mágicas. Los monos fueron veloces como siempre y en un instante estuvo la bandada entera parada ante ella.

—¿Qué nos ordena? —preguntó el rey mono con una reverencia profunda.

—Llévennos sobre la colina hasta el país de los quadlings —ordenó la niña.

—Así será —aceptó el rey y, de inmediato, los monos alados asieron con los brazos a los cuatro caminantes y a Toto y se fueron volando con ellos. Mientras sobrevolaban la colina, los testaduros gritaban molestos y disparaban las cabezas hacia arriba. No podían alcanzar, empero, a los monos alados, que llevaban a Dorothy y a sus amigos seguros por encima de la colina y los dejaron en el país hermoso de los quadlings.

—Esta fue la última vez que podía invocarnos —aclaró el líder a Dorothy—, por lo que, adiós y le deseamos buena suerte.

—Adiós y muchas gracias —devolvió la niña y los monos alados subieron por los aires y desaparecieron del campo de visión con un titileo.

El país de los quadlings se veía rico y feliz. Había campos y campos de granos madurando, con caminos bien pavimentados que los atravesaban y con preciosos arroyos que transcurrían atravesados por puentes robustos. Las vallas y las casas y los puentes estaban todos pintados de rojo vivo, de la misma manera en que estaban pintados de amarillo en el país de los winkies y de azul en el de los munchkins. Incluso los quadlings, quienes eran bajos y rechonchos y con apariencia regordeta y bondadosa, vestían de rojo por completo; contrastaban brillantes contra el césped verde y el grano amarillo.

Los monos los habían dejado cerca de una granja y los cuatro caminantes se acercaron y tocaron la puerta. La abrió la esposa del granjero y, cuando Dorothy pidió algo para comer, la mujer les ofreció una buena cena con tres tipos de tortas y cuatro de galletas y un tazón de leche para Toto.

—¿Cuán lejos queda el castillo de Glinda? —preguntó la niña.

—No muy lejos —respondió la mujer—. Vayan por el camino hacia el sur y pronto llegarán.

Habiéndole agradecido a la mujer bondadosa, emprendieron renovados el viaje junto a los campos y a través de los puentes preciosos hasta que vieron ante ellos un castillo muy hermoso. Frente a la puerta, había tres jóvenes vestidas con elegantes uniformes rojos con bordados de oro; cuando Dorothy se acercó, una de ellas le preguntó:

—¿Por qué has venido al País del Sur?

—Para ver a la bruja bondadosa que aquí reina —contestó Dorothy—. ¿Me llevarías con ella?

—Dame tu nombre y le preguntaré a Glinda si te admitirá. —Le contaron quiénes eran y la soldado entró al castillo. Tras unos momentos, volvió y les informó a Dorothy y a los demás que los admitirían de inmediato.

# CAPÍTULO XXIII —
## GLINDA, LA BRUJA BUENA,
## LE CONCEDE A DOROTHY EL DESEO

No obstante, antes de entrar a ver a Glinda, los llevaron a una habitación del castillo en donde Dorothy se lavó el rostro y peinó el cabello y el León se sacudió el polvo de la melena y el Espantapájaros se dio golpecitos para tener mejor forma y el Leñador se lustró la hojalata y lubricó las articulaciones.

Cuando hubieron estado bastante presentables, siguieron a la soldado hasta un salón donde la bruja Glinda estaba sentada en un trono de rubíes.

Se veía tanto hermosa como joven. El cabello rebozaba de un color rojo y caía como una cascada de rizos sobre los hombros. El vestido era puramente blanco, pero los ojos eran azules y se posaban con ternura sobre la niña.

—¿Qué puedo hacer por ti, mi niña? —se ofreció Glinda.

Dorothy le narró su historia: cómo el huracán la había traído al Reino de Oz, cómo se había encontrado con sus compañeros y sobre las aventuras maravillosas que tuvieron.

—Mi mayor deseo ahora —concluyó Dorothy— es volver a Kansas, pues la tía Em de seguro pensará que me pasó algo terrible y entrará en luto y, a menos que los cultivos sean mejores que los del año pasado, estoy segura de que mi tío Henry no podrá pagarlo.

Glinda se inclinó y le dio un beso en el rostro tierno y erguido de la niñita amorosa.

—Bendito sea tu corazón querido —elogió Glinda—, estoy segura de que puedo decirte de un modo para que regreses a Kansas. —Y luego agregó—: pero si lo hago, debes darme el sombrero dorado.

—¡Con gusto! —aceptó Dorothy—, de hecho, ya no me sirve y, cuando lo tenga, podrá darles una orden a los monos alados tres veces.

—Y creo que necesitaré de sus servicios tan solo esas tres veces —respondió Glinda con una sonrisa.

Dorothy le dio el sombrero dorado y la bruja le preguntó al Espantapájaros: «¿Qué harás cuando Dorothy nos deje?».

—Volveré a la Ciudad Esmeralda —respondió él—, pues Oz me nombró alcalde y el pueblo me quiere. Lo único que me preocupa es cómo atravesar la colina de los testaduros.

—Con el sombrero dorado, les pediré a los monos alados que te lleven hasta las puertas de la Ciudad Esmeralda —lo tranquilizó Glinda—, pues sería una pena privar al pueblo de un gobernador tan maravilloso.

—¿En serio soy maravilloso? —preguntó el Espantapájaros.

—Eres atípico —contestó Glinda.

Volviéndose al Leñador de Hojalata, le preguntó: «¿Qué será de ti una vez que Dorothy deje este reino?».

Se apoyó sobre el hacha y pensó por un momento. Luego respondió: «Los winkies fueron muy amables conmigo y querían que gobernara su país después de que muriera la Bruja Malvada del Oeste. Quiero mucho a los winkies y, si pudiera volver al País del Oeste, no hay nada que me gustaría más que gobernar en el país por siempre».

—Mi segunda orden para los monos alados —decidió Glinda— será que te lleven seguro hasta el país de los winkies. Quizás tu cerebro no se vea tan grande como el del Espantapájaros, pero sin lugar a dudas eres más brillante que él, cuando estás bien lustrado, y estoy segura de que gobernarás el país de los winkies con sabiduría y bondad.

Por último, la Bruja miró al gran León enmarañado y le preguntó: «Cuándo Dorothy haya vuelto a su hogar, ¿qué será de ti?».

—Pasando la colina de los testaduros —contestó el León—, se extiende un gran bosque antiguo y todas las bestias que lo habitan me proclamaron rey. Si tan solo pudiera volver al bosque, pasaría mi vida feliz allí.

—Mi tercera orden para los monos alados —tomó la decisión Glinda— será que te lleven al bosque. Luego, habiendo agotado el encantamiento del sombrero dorado, se lo daré al rey de los monos para que él y su bandada sean libres de ahí en adelante.

El Espantapájaros y el Leñador de Hojalata y el León le agradecieron a la Bruja Buena con ánimos por su bondad y Dorothy exclamó:

—De veras, ¡es tan buena como hermosa! Pero aún no me reveló cómo volver a Kansas.

—Tus zapatos plateados te llevarán a través del desierto —contestó Glinda—. Si hubieras conocido su poder, habrías podido volver con tu tía Em el mismo día en que llegaste a este reino.

—¡Pero entonces nunca habría conseguido mis sesos maravillosos! —exclamó el Espantapájaros—. Podría haber pasado mi vida entera en los campos de maíz del granjero.

—Y yo no habría conseguido mi corazón amoroso —agregó el Leñador de Hojalata—. Podría haberme quedado parado y oxidado en el bosque hasta el fin del mundo.

—Y yo habría vivido como cobarde para siempre —añadió el León— y ninguna bestia en todo el bosque me hubiera dirigido una palabra buena.

—Es todo cierto —concluyó Dorothy— y me alegra haberles sido de ayuda a mis buenos amigos. Pero ahora que cada uno obtuvo lo que más deseaba y, además, tiene un reino por gobernar; creo que me gustaría volver a Kansas.

—Los zapatos plateados —explicó la Bruja Buena— tienen poderes increíbles. Y uno de sus poderes más curiosos es que pueden llevarte a cualquier lugar del mundo en tres pasos y cada paso dura lo que dura un parpadeo. Todo lo que debes hacer es juntar los talones tres veces y ordenarles a los zapatos que te lleven a donde desees ir.

—Si es así —se alegró la niña—, les pediré que me lleven de inmediato a Kansas.

Abrazó al León del cuello y le dio un beso y palmaditas en la cabeza con cariño. Luego le dio otro beso al Leñador de Hojalata, quien lloraba unas lágrimas peligrosas de más para las articulaciones. No obstante, al suave cuerpo de paja del Espantapájaros lo envolvió en los brazos en vez de darle un beso en el rostro de pintura y Dorothy se vio llorando por la despedida dolorosa de sus amigos queridos.

Glinda, la Buena, bajó de su trono de rubíes para darle un beso de despedida a la niña y Dorothy le agradeció por toda la bondad que derramó sobre sus amigos y ella.

Dorothy ahora tomó a Toto en brazos con solemnidad y, habiendo dicho adiós por última vez, chocó los talones de sus zapatos tres veces diciendo:

—¡Llévenme a mi hogar con tía Em!

En un instante estaba girando por los aires tan rápido que todo cuanto pudo ver o sentir fue el viento silbándole en los oídos.

Los zapatos plateados dieron tan solo tres pasos y después Dorothy se detuvo tan de repente que rodó sobre el césped varias veces antes de saber en dónde estaba.

Después de un tiempo, empero, se sentó y miró en rededor.

—¡Por dios! —exclamó.

Pues estaba sentada en medio de las grandes llanuras de Kansas y justo en frente a ella estaba la casa nueva que el tío Henry había construido luego de que el huracán se hubiera llevado la vieja. Tío Henry estaba ordeñando las vacas en el corral y Toto había saltado de los brazos de Dorothy y estaba corriendo hacia el corral, ladrando con locura.

Dorothy se levantó y se dio cuenta de que solo tenía las medias en los pies porque los zapatos plateados se habían caído en su vuelo por los aires y se habían perdido para siempre en el desierto.

Tía Em acababa de salir de la casa para regar las coles cuando levantó la mirada y vio a Dorothy corriendo hacia ella.

—¡Mi niña querida! —gritó, atrapando a la niña en brazos y cubriéndole el rostro de besos—. ¿De dónde saliste?

—Del reino de Oz —explicó Dorothy con severidad—. Y aquí está Toto también. Y, ¡ah, tía Em! Me alegra muchísimo haber vuelto a mi hogar.

CLÁSICOS EN ESPAÑOL

Esperamos que haya disfrutado esta lectura. ¿Quiere leer otra obra de nuestra colección de *Clásicos en español?*

En nuestro Club del Libro encontrarás artículos relacionados con los libros que publicamos y la literatura en general. ¡Suscríbete en nuestra página web y te ofrecemos un ebook gratis por mes!

Recibe tu copia totalmente gratuita de nuestro *Club del libro* en rosettaedu.com/pages/club-del-libro

## CLÁSICOS EN ESPAÑOL

*Una habitación propia* se estableció desde su publicación como uno de los libros fundamentales del feminismo. Basado en dos conferencias pronunciadas por Virginia Woolf en colleges para mujeres y ampliado luego por la autora, el texto es un testamento visionario, donde tópicos característicos del feminismo por casi un siglo son expuestos con claridad tal vez por primera vez.

Oscar Wilde escribe una sola novela, *El retrato de Dorian Gray*; ésta fue el objeto de una crítica moralizante mordaz por parte de sus contemporáneos que no pudieron ver que dentro de una trama perfectamente compuesta se escondía toda la tragedia del romanticismo. Cien años después no ha perdido su impacto original y sigue siendo un texto fundamental para los debates sobre la estética y la moral.

*Otra vuelta de tuerca* es una de las novelas de terror más difundidas en la literatura universal y cuenta una historia absorbente, siguiendo a una institutriz a cargo de dos niños en una gran mansión en la campiña inglesa que parece estar embrujada. Los detalles de la descripción y la narración en primera persona van conformando un mundo que puede inspirar genuino terror.

EDICIONES BILINGÜES

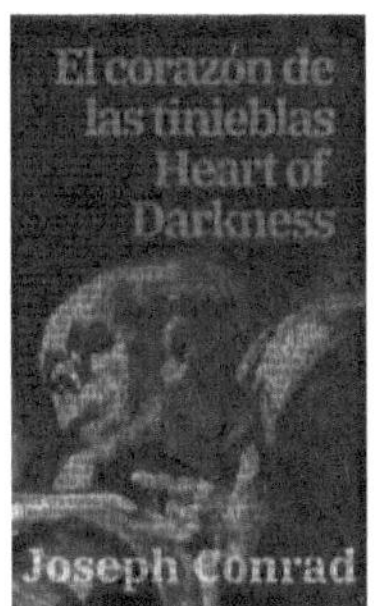

En una atmósfera constante de misterio y amenaza, *El corazón de las tinieblas* narra el peligroso viaje de Marlow por un río (sin duda el Congo aunque no es nombrado en el relato) africano. Lo que el marino puede observar en su viaje le horroriza, le deja perplejo, y pone en tela de juicio las bases mismas de la civilización y la naturaleza humana.

Durante décadas, y acercándose a su centenario, *El gran Gatsby* ha sido considerada una obra maestra de la literatura y candidata al título de «Gran novela americana» por su dominio al mostrar la pura identidad americana junto a un estilo distinto y maduro. La edición bilingüe permite apreciar los detalles del texto original y constituye un paso obligado para aprender el inglés en profundidad.

En *La señora Dalloway* Virginia Woolf relata un día en la vida de Clarissa Dalloway, una señora de la clase alta casada con un miembro del parlamento inglés, y de un ex-combatiente que lucha contra su enfermedad mental. La innovación de la novela es la corriente de consciencia: Woolf sigue el pensamiento de cada personaje, siendo excelente a la hora de narrar emociones, asociaciones y sentimientos.

rosettaedu.com